El abogado del marciano

MARCELO BIRMAJER

Barcelona, Bogotá, Buenos Aires, Caracas, Guatemala,
Lima, México, Miami, Panamá, Quito, San José,
San Juan, San Salvador, Santiago de Chile.

© Marcelo Birmajer, 1997
© Editorial Norma, 1997
A.A. 53550, Bogotá, Colombia.

Prohibida la reproducción total o parcial
de esta obra por cualquier medio,
sin permiso escrito de la Editorial.

Primera edición, 1997
Decimoquinta reimpresión, mayo de 2003
Decimosexta reimpresión, noviembre de 2003

Impreso por Primera Clase Impresores
Impreso en Argentina - *Printed in Argentina*

Dirección editorial, María Candelaria Posada
Dirección de arte, Julio Vanoy
Armada electrónica, Ana Inés Rojas

ISBN: 958-04-4383-1

*Para Antonio Santa Ana,
un buen abogado de
marcianos.*

Estimado lector: Si este escrito fuese una novela de Ray Bradbury, además de comenzar a leerlo con mayor confianza, te dispondrías a disfrutar de un relato de ciencia ficción, con planetas rojos y secos, tecnología de punta, y paradojas y metáforas acerca de la relación entre los humanos de siglos futuros y los marcianos de siempre.

Así lo anunciaría, de tratarse de una novela de Ray Bradbury, el título de este escrito. Pero si perteneces a ese reducido sector de personas que leen el diario, o bien a ese no tan reducido de las que miran las tapas de matutinos y revistas en los kioskos mientras se dirigen hacia sus respectivos trabajos, o a ese enorme sector que escucha la radio, o, por último, si puedes oír o ver y eres humano y, por tanto, televidente, te habrás enterado de que por estos días visitó nuestro país un marciano. También habrás sabido que fue acusado de asesinato. Y no se te habrá escapado que contó con los servicios de un abogado. Un servidor.

El siguiente manuscrito es la relación fiel de mi defensa y contacto con el primer alienígena que pisó Tribunales. Tengo la intención de que el presente texto constituya un precedente, con el que yo no pude contar en la elaboración de mi defensa. También, a la inversa de las fábulas, quisiera, a modo de consejo, deslizar la moraleja antes de contar la anécdota: nunca trates bien a un marciano.

El 28 de noviembre de 1995, en la orilla norte del Río de la Plata, una cincuentena de personas avistaron un espectáculo singular: dos hombres. ¿Qué tiene de singular este espectáculo? Pues bien: que uno de ellos estaba tirado panza arriba, con la boca abierta e hinchado de agua; y el otro no era un hombre.

El que no era un hombre llevaba por los pies al que sí lo era, o que tal vez ya no lo era, porque por mucho que hayamos avanzado tecnológicamente aún no hemos descubierto si seguimos o no siendo hombres después de la muerte, y éste, que había sido un hombre, estaba muerto. El marciano llevaba arrastrando por los pies el cadáver de un ahogado. Pero la cincuentena de testigos sólo vio a un hombre arrastrando por los pies a otro, panza arriba e hinchado de agua; y eso, si ustedes no trabajan en el tren fantasma, sí es un espectáculo singular.

Salvo en el color de su sangre, en dos pequeñísimas antenas cartilaginosas que les salen de la nuca y en sus distintas reacciones frente a los fenómenos naturales, los marcianos son iguales a nosotros. Al menos éste lo era.

Cierta vez, siendo niño, mi padre me llevó al Ital Park. El Ital Park era un inmenso parque de diversiones, que hace años fue clausurado por accidentarse una niña en uno de los juegos.

En aquella ocasión, mi padre subió conmigo a los autitos chocadores, luego a la montaña rusa y también a las tazas giratorias y a los paraguas voladores. En los paraguas voladores, se quedó conversando con la cajera. Mi padre siempre fue mujeriego. Se quedó conversando con la cajera y me dio dinero para que fuera al tren fantasma, solo.

Compré la ficha para el tren fantasma y monté uno de los carritos.

Yo tendría nueve años, más o menos. ¿Conocen el tren fantasma?

Es una gruta oscura con muñecos de monstruos enjaulados; el carrito corre a toda velocidad por sobre rieles electrificados y se detiene frente a las jaulas de los monstruos más asustantes. Había una jaula en la que un verdugo le cortaba una y otra vez la cabeza a un condenado. Otra en la que una bruja masticaba un murciélago de goma. Y una más en la que una calabaza iluminada por dentro, con ojos y boca, mostraba unos dientes podridos y lanzaba carcajadas terroríficas. Bien, yo tenía nueve años, estaba sentado en el carrito y mi papá charlaba con la cajera de los paraguas voladores.

En un tramo del tren fantasma del Ital Park, una arañita te rozaba la cabeza. Estaba exactamente preparada para eso. Ni siquiera era una arañita. Era un pedazo de caucho que colgaba del techo, a la distancia exacta como para rozarle el pelo a un niño de nueve años.

Cuando la arañita me rozó, fue demasiado. La siguiente vez que el carrito se detuvo junto a una jaula, bajé. Me paré al lado de la jaula del verdugo. Los carritos pasaban junto a mis pies. Me pegué contra la jaula del verdugo, sabiendo que podía electrocutarme. El verdugo le cortaba una y otra vez la cabeza al condenado.

Caminé pegado a las paredes de la gruta, intentando no pisar los rieles, hasta llegar a la salida. El cuidador me miró espantado, me tomó por debajo de los brazos y me arrancó de allí.

Yo estaba pálido, llorando y en estado de pánico; debía parecer que todos los monstruos del tren fantasma eran reales y aún me estaban persiguiendo.

Bueno, llegó mi padre, me calmaron, me dieron un algodón de azúcar y una veintena de fichas gratis que no quise usar.

Pero recuerdo esta anécdota por una razón precisa. Cuando caminé solo por la gruta del tren fantasma tuve acceso a otro mundo. Un mundo de terror, de desamparo, donde las cosas eran por completo distintas a las del mundo que yo conocía. Y muchas veces en mi vida, ya de adulto, me ha tocado transitar situaciones en las que soy nuevamente ese niño que camina solo por el costado de los rieles del tren fantasma, rodeado de monstruos y sin saber cuáles son las reglas de la oscuridad.

Cuando vi por primera vez al marciano, pensé que le sucedía algo similar. Mucho después supe que era yo quien había entrado nuevamente en un mundo desconocido.

Si contamos objetivamente los hechos: el marciano había matado a un hombre. Su primer acto en la tierra había sido ahogar a ese hombre de malla multicolor y reloj de oro resistente al agua.

El marciano cayó directo desde su nave al río de la Plata.

Cayó lejos de la costa y, raro para este Río, en un sitio de gran profundidad. Nadó bajo el agua unos diez o veinte kilómetros (sí, bajo el agua), hasta que se encontró con este bañista, también bajo el agua.

Tomó por un brazo al bañista y telepáticamente le preguntó dónde estaba. En qué sitio había caído. El mensaje que el marciano percibió del hombre, en principio, fue de asombro. ¿Por qué le estaban agarrando el brazo? El marciano, sin soltarlo, le explicó telepáticamente que lo tomaba del brazo para preguntarle en qué parte del universo estaba.

Ahora el marciano percibió en el hombre miedo. Siempre sin soltarlo, y tratando de calmarlo, le explicó telepáticamente que no había nada que temer. El miedo del hombre se transformó en pánico y en una necesidad imperiosa de ascender a la superficie.

El marciano recordó las palabras de su padre: "Si alguna vez te encuentras con un ser de otro planeta, no dejes que se aleje antes de haberle aclarado tus intenciones pacíficas y tu naturaleza inofensiva; de otro modo, las consecuencias de su relato pueden ser fatales para ti".

Y eso, según el marciano, fue lo que intentó. Mantenerlo bajo el agua hasta aclararle, telepáticamente, puesto que el hombre no hablaba, que no deseaba hacerle ningún daño.

Sólo cuando el hombre dejó de moverse y de burbujear, el marciano accedió a subir con él a la superficie.

"Por fin usted se ha calmado", le dijo el marciano telepáticamente. Y le extrañó no percibir respuesta.

Estaba demasiado calmado, estaba muerto.

Por más que se lo pregunté, el marciano nunca quiso decirme si tienen una resistencia pulmonar que les permite permanecer horas enteras bajo el agua, días enteros, meses enteros, o si simplemente es imposible que se ahoguen, porque pueden vivir bajo el agua como los peces o los moluscos. Nunca me lo quiso decir. Sólo me dijo:

–Mi padre siempre me decía: jamás reveles a los seres de otro planeta cómo se puede matar a un marciano.

Provengo de una rancia familia de la aristocracia porteña. Hasta hacerme cargo de la defensa del marciano, mi padre ocupaba el rol de oveja negra del clan Pestarini.

Acepté el caso del marciano el mismo día en que me recibí de abogado.

—Abuelo —le dije al padre de mi padre, Alcides Pestarini—, me recibí de abogado. Voy a defender al marciano.

Mi abuelo, en principio, había observado con alarma mi cabeza llena de yemas de huevo y harina, puesto que yo había ido directamente desde los festejos de la facultad hacia su casa. Luego, bajó la vista y su mueca reveló agrado. Por último, cuando terminé la frase, me mostró en un solo gesto de cara todo su desprecio. No le gustaba nada lo del marciano.

—Nieto —me dijo—, precisamente hoy, el día de tu recibimiento, iba a informarte acerca de tu herencia, de la fortuna de los Pestarini. ¿Harás que el mismo día deba informarte que has sido desheredado?

—¿Por qué, abuelo? —pregunté sorprendido por las dos informaciones.

—Tres generaciones de Pestarini dedicados al derecho no pueden ser infamadas por un recién recibido que ponga su título al servicio de un alienígena.

—Los marcianos también son... —humanos, iba a decir, pero debí callarme. En cambio, agregué:

—Los marcianos también pueden ser inocentes.

—Los abogados nos encargamos de los problemas de la Tierra —dijo furibundo mi abuelo—. ¡Que los problemas del universo los resuelva Dios!

—Siempre me dijiste que los abogados existimos porque Dios está ocupado en casos más importantes.

—Éste es uno de esos casos —dijo mi abuelo.

—¡Pero al marciano lo van a encerrar en una cárcel terrícola! —insistí.

—Es propio de los Pestarini —dijo mi abuelo —no intercambiar más de tres argumentos antes de dar por terminada una discusión. Creo que nos hemos excedido. Ya he tomado mi decisión al respecto. Si defiendes al marciano serás desheredado.

Me retiré de su casa, en la cual yo aún vivía, pasando por el inmenso pasillo blanco donde estaban colgados los cuadros de las tres generaciones de abogados Pestarini. Los siete ancianos me miraban desde sus retratos, aunque inmóviles y discretos, como monstruos del tren fantasma.

Conocí a Pels en una celda. Había leído de él en los diarios, visto su imagen y oído su voz en la tele, pero la primera vez que hablé con él fue como abogado. Llevaba tres días encarcelado.

La versión lineal que daba Pels de aquel fatídico 28 de noviembre en que por primera vez había pisado nuestro planeta (más bien se había remojado en él) pueden leerla ustedes en una de las primeras hojas de mi expediente, que pongo aquí a su disposición:

<u>Declaración del acusado</u>
"El día 28 de noviembre de vuestro calenda-

rio, en compañía de mi hermano Retz (según el alfabeto latino), sustrajimos la nave de mi padre. Como en tantas otras ocasiones, decidimos visitar los planetas más cercanos. Durante nuestra infancia, con la anuencia de mis padres, habíamos sobrevolado una vez vuestro planeta. Mas cuando tomábamos la nave sin permiso, a menudo escupíamos o arrojábamos desperdicios.

El 28 de noviembre que narro, partimos de la casa de mis padres con un cargamento de botellas de ñac (aquí les llamarían licor) y por primera vez en veinte años, decidimos sobrevolar nuevamente vuestro planeta.

Perdidos los buenos sentidos por culpa del ñac, mi hermano perdió también el control de la nave y descendió peligrosamente. Llegué a ver cómo uno de ustedes nos señalaba.

Lo insulté por su error. Discutimos. Con un empellón, me arrojó contra la puerta. Mi ropa se enganchó en el picaporte. Al intentar reincorporarme, la puerta se abrió. El exterior me absorbió y caí a vuestro... ¿río? Sí, a vuestro río.

Más de una vez mi padre me había hablado de los terráqueos y de las similitudes físicas y psicológicas que nos unen. Encontré un terrícola bajo el agua y le pedí ayuda telepáticamente. Lo sentí temer e intenté tranquilizarlo. Jamás imaginé que el terrícola podía morir como consecuencia de su estadía de menos de una hora bajo el agua. No tenía otra intención que la de congraciarme con él. Sé ahora, porque me lo dijeron, que se llamaba Atilio Puriccelli y que era ingeniero electrónico. Lo siento. Lo siento mucho. Comparado con vuestro planeta, en Marte la muerte es un suceso bastante poco común. Tomando una metáfora de vuestro comisario, podría decir que en Marte la gente muere sólo cada muerte de obispo. Pero no es mi intención en esta declaración ser simpático sino veraz..."

Sin embargo, al juez le resultó extraordinariamente simpático.

La detención de Pels debe haber sido una de las más simples que le haya tocado llevar a cabo a la policía porteña.

Pels emergió del Río de la Plata, llevando, agarrado por los tobillos, al ahogado ingeniero Atilio Puriccelli. Puriccelli presentaba el rostro azul y un aspecto deplorable. Pels, en cambio, se hallaba desconcertado y fresco.

Aunque algunos de los transeúntes temieron, la mayoría de los paseantes y bañistas lo rodeó. Pels miraba a todos buscando ayuda.

La policía llegó a los pocos minutos y dispersó a los curiosos.

Al rato se hizo presente una ambulancia. La ambulancia se llevó el cuerpo; Pels, esposado, fue introducido en el patrullero.

En el manicomio, luego de los análisis y la revisación correspondiente, confirmaron que, en efecto, Pels no era un ser humano.

No al menos en la acepción científica de esta expresión.

Aún recuerdo la primera vez que Pels me preguntó:

—¿Y entonces para vos... qué es un ser humano?

Los doctores no tenían elementos para confirmar

la historia de Pels y su procedencia de Marte, pero sí para afirmar categóricamente que no era terráqueo, o al menos que no era humano.

Los diarios se encargaron de dar por cierta la historia de Pels.

Tengo una serie de recortes periodísticos de la aparición de Pels en la actualidad argentina. Los pongo a su disposición.

Diario **La Noticia**   29/11/95

¡Invasión Marciana!

Diario **La Mañana**   29/11/95

Sería cierta la existencia de un ser inteligente no humano.

Diario **Mirada Crítica**   29/11/95

¡Mi marciano favorito! Sería cierta la versión de un alienígena en nuestro planeta.

Diario **Voz patria**   29/11/95

¡Alerta! ¿Qué quieren los de afuera?

Creo que no pecaré de parcial si trazo en una línea el perfil político de nuestro presidente, el doctor Ignacio Pérez Barreta, mi definición es: un nacionalista liberal con mucho de demagogo.

Digo que no peco de parcial pues sé que el presidente democráticamente electo estará de acuerdo con el adjetivo nacionalista, no lo agraviará el de "liberal", tampoco la frase "con mucho", y, en cambio, sí expresará su desagrado ante la palabra "demagogo".

Coincidirán conmigo en que una definición de siete palabras, con seis a favor y una en contra, no es adversa.

La existencia de Pels en nuestro país fue de inmediato conocida en todos los rincones de la Tierra. Los servicios secretos de Estados Unidos y de otros tantos países occidentales reclamaron al marciano como patrimonio de la humanidad. Ignacio Pérez Barreta negó la extradición de Pels.

–Podemos guardar los patrimonios de la humanidad igual o mejor que cualquier otra nación de la Tierra–, declaró.

Durante varios meses, Pels fue escondido y cambiado de destino, y varios intentos de servicios secretos no identificados fracasaron.

Fue después de un serio incidente diplomático tras el cual Estados Unidos prometió solemnemente la no injerencia en la "Cuestión marciana", que por fin el país, tranquilo y sin temor a que le roben "su" alienígena, pudo pensar en qué hacer con éste. Y ese momento de tranquilidad fue la perdición de Pels.

Lo cierto era que en su llegada a nuestras costas Pels había ultimado a un individuo. La familia Puriccelli en pleno lo acusaba de homicidio, sin atenuantes.

"Sea del planeta que sea, tiene que responder por la muerte de mi hermano", exclamó Adela Puriccelli.

Antes de pasar a cualquier contacto formal con los notables de nuestro país y de la Tierra, antes incluso de ser "replaneteado" a Marte, para la Justicia argentina, Pels debía dar pruebas de su inocencia.

Vale decir, que la muerte de Puriccelli había sido completamente accidental. Que Pels no sabía que lo estaba matando cuando lo mató.

Fue entonces cuando lo conocí.
—Seré su abogado —le dije.
—Podés llamarme Pels —me dijo[1].

---

[1] A lo largo de nuestra relación Pels me trató de "vos", de "tú" o de "usted", según sé le antojara. (Nota del A.)

El 20 de octubre de 1996 me recibí de abogado. Antes de que me arrojaran los huevos del festejo, el profesor Broder me llamó aparte.

—Pestarini —me dijo—, venga un segundo.

Me aparté, diploma en mano. Charlamos tras una columna.

—¿Me parece a mí —me dijo—, o usted no está feliz?

El profesor Broder había sido durante este último año mi padrino académico. También apadrinó mi tesis.

Si yo admiraba a mi abuelo por su sabiduría y fortaleza, a Broder lo admiraba por su sabiduría y comprensión. Absolutamente opuesto a mi abuelo, que tenía preparadas todas las máximas para cada momento de la vida, Broder era un hombre desencantado y modesto, para quien la justicia era un misterio y los abogados, astronautas que viajan por el universo sin comprenderlo jamás. Nunca dictaba sentencias, a menudo respondía con preguntas. Me dejé guiar por él como alumno, y me atreví a confesarle dudas que mi abuelo hubiese desoído. Por otra parte, mi abuelo no dejaba de hablarme mal de mi padre, cosa que Broder, que no conocía a mi padre, no podía hacer.

En suma, podía intuir mis estados de ánimo. Y era cierto, el día de mi recibimiento yo no estaba feliz.

–¿Entonces, Pestarini? –insistió.

–No, profesor. No estoy bien.

–¿Qué le ocurre?

–Me ocurre que ni bien llegué a casa, mi abuelo estará esperándome con un trabajo.

–¡Felicitaciones! –me dijo Broder –¿Qué más quiere un abogado recién recibido?

–Un trabajo que le guste –dije.

–Eso es mucho pedir –dijo con sinceridad Broder.

–Al menos no uno que deteste –recalqué.

–Sí –aceptó–. No hay por qué hacer un trabajo que uno detesta. ¿De qué se trata?

–Toda la vida los Pestarini se han dedicado a dos tipos de casos: laborales y divorcios. En los divorcios, siempre defendemos a las mujeres. En los juicios laborales, a los empresarios. No hay en toda la historia de la familia Pestarini un solo abogado que haya defendido a un hombre en un divorcio o a un obrero en un juicio laboral. Nuestros dos casos más célebres son el de la fábrica Rutahuer, en donde los obreros debieron indemnizar al patrón luego del cierre de la fábrica, el multimillonario rey del caramelo Ubaldo Reass. Y el divorcio de Ofelia Tirra y Rafael Serra, donde logramos que él le devolviese el riñón que ella le había donado. Por lo general, en los casos laborales siempre estamos del lado del más fuerte; en los divorcios, del lado de la más débil. Le cité estos dos casos porque son los más famosos. Mi abuelo dice que somos ecuánimes y legales: "Los obreros y las mujeres son los oprimidos de nuestro mundo; es bueno que unos nos odien y otras nos amen. Eso es ecuanimidad".

—¿Y qué casos le esperan a usted cuando llegue a su casa con el diploma? —interrumpió mi monólogo Broder.

—Una empresa de pintura que quiere echar a su capataz por insanía mental. Y un caso de divorcio entre una mujer de setenta años y un muchacho de veintidós.

—Ya veo —dijo Broder—. ¿Y por qué le desagradan estos casos al punto de volverlo infeliz el día de su recibimiento?

—Todas las noches de todos los días mi abuelo cuenta alguno de los casos que llevó adelante un varón de la familia. Todas las noches de todos los días. Un divorcio o un juicio laboral. Estoy podrido de escucharlo. Cansado, agotado, hastiado. Preferiría defender al Minotauro antes que a una mujer desvalida.

—¿Y no puede declinar amablemente el ofrecimiento de su abuelo?

—Darme el primer trabajo es su regalo de recibimiento. Voy a romperle el corazón si le digo que no.

—¿Y si usted ya tuviera por delante un caso, antes de que su abuelo se lo ofrezca?

—Bueno, creo que la situación sería un poco distinta. Tendría cómo explicarle mi rechazo.

—No sería un rechazo, Pestarini.

—Es cierto. Pero no tengo ningún trabajo por delante, salvo el capataz que toma pintura, o la anciana y el joven.

—¿Usted dijo que defendería al Minotauro?

—Una metáfora, sí.

—¿Lo defendería?

—No entiendo —dije.

—Tal vez le pueda ofrecer un trabajo.

El trabajo, claro está, era defender a Pels. Carente de dinero y de contactos, el Estado le había asignado un abogado de oficio. Lo que vulgarmente se llama un defensor de pobres.

Broder tenía contactos en la repartición estatal que designaba a los abogados de oficio, y sus sugerencias no sólo eran muy bien recibidas, sino a menudo requeridas.

Si me proponía a mí, yo defendería al marciano.

—¿Quiere pensarlo? —me preguntó aquel día.

—Es lo que menos quiero. Si pienso, arrugo. Délo por hecho.

Así fue como asumí la tarea de defender a Pels.

Mi padre ni siquiera había terminado la carrera de abogacía. Hay un dicho: "Los nietos dan a los abuelos lo que éstos esperaban de sus hijos". Es bastante cierto.

Isidoro Pestarini, mi padre, quien, salvo el famoso Cañones[2], es el único Isidoro que conozco, abandonó en tercer año la carrera de abogacía para dedicarse a la importación de teléfonos celulares.

Durante el último año de sus interrumpidos estudios, había invertido la plata del abuelo en carreras de caballos, y en aquel ter-

---

(2) Famoso personaje de una historieta argentina.

cer año de carrera de Derecho ganó la primera fija de caballos, apostándole todo a **Lunático Viejo**. El dinero obtenido le alcanzó para montar el negocio con un amigo. Los buenos dividendos y el aburrimiento que le provocaba el Derecho, lo decidieron a dedicarse al comercio.

Se presentó ante mi abuelo con el teléfono celular en la mano. Por aquel entonces, los teléfonos celulares eran una extraña novedad.

–Largo la carrera, papá –le dijo mi padre a mi abuelo.

–Ya sé que "largó" la carrera –le contestó mi abuelo–. Y también sé que ganaste. ¿Pero no te parece que ya sos grandecito como para andar jugando con esos chiches?

Y señaló sin ningún respeto el teléfono celular.

–No es un chiche, papá –dijo mi padre–. Es el negocio de las comunicaciones.

–Las únicas comunicaciones que nos interesan son las judiciales, y esas llegan en papeles –cerró mi abuelo con desprecio.

Las relaciones entre mi padre y mi abuelo siempre fueron tirantes. Mi abuelo, en aquel entonces con muchos conocidos en la facultad, seguía paso a paso la carrera de mi padre, y se había enterado de innumerables detalles nada halagadores. En cada año que mi padre cursaba, la mayoría de las damas habían tenido algún entrevero amoroso con él. Y a estas estadísticas no eran ajenas las profesoras.

Mi abuelo, que respetaba a todas las mujeres como si cada una fuese su madre, desaprobaba fervientemente esta conducta de mi padre.

Todos los adultos que conozco se han ido alguna vez de la casa de sus padres. Se han casado o se han ido a vivir solos. Por mi experiencia, en cambio, me gusta imaginar un muchacho que logra su independencia porque las otras personas de la familia se van. Vive con su madre, su padre y su abuelo, y, lentamente, uno a uno, abandonan la casa. Primero se va el padre, luego la madre, por último el abuelo. Y entonces el muchacho dice: "Bueno, vivo solo".

En mi caso, sólo se había ido mi padre. Pero mi abuelo me desheredó y debí abandonar la casa. Mi mamá quiso también, en solidaridad conmigo, abandonar la residencia; pero yo le rogué que no lo hiciera. Y aceptó mi ruego. Me sentía agradecido hacia mi abuelo por haberse hecho cargo de su nuera cuando el matrimonio de su hijo y ella terminó.

Mi abuelo me dejó mil dólares en el bolsillo. No me alcanzaba para pagar el depósito de un departamento pero tampoco estaba en la calle.

No quería ir a dormir a una pensión, ya estaba bastante deprimido.

Decidí alojarme en un hotel de la calle Junín. Junín, entre Sarmiento y Corrientes. Es un hotel muy bueno, tres estrellas.

Cuando me inscribí en el registro, el conserje me preguntó:

—¿Pestarini, como los abogados?

—Sí —dije.

—¿Y usted es de la familia? —insistió.

—Sí.

—Ah, los Pestarini nos ganaron un juicio —me dijo con simpatía y sin rencor—. Una mucama a la que echamos por tirar un pantalón al inodoro. Tapó el baño e inundó todo el cuarto piso. Pero de todos modos nos ganaron.

—Son cosas que pasan —dije incómodo y levantando mi valija.

—Deje que se la lleve el botones —dijo indicándome el ascensor, demostrándome que el haber sido arrastrado por los suelos por otro Pestarini no lo malquistaba conmigo.

Subí sin mi valija, temiendo que cuando llegara tuviera en su interior una rata o un explosivo. Sin embargo, unos minutos más tarde, cuando la abrí, luego de dejar un dólar en la mano del botones, todo estaba en su sitio.

Me lancé sobre la mullida cama matrimonial y prendí la tele con el control remoto. En un canal de cable estaban dando **Duro de matar 3**.

"No está tan mal estar desheredado", pensé.

Fue la primera vez en mi vida que desayuné sólo. Comí pan francés con manteca y mermelada de durazno, tomé un café bien negro y leí el diario **La Mañana**. La mucama que me trajo el café era una chica realmente bonita. Pensé: "Sería tu abogado frente a todo el mundo. Te defendería en todas las causas. ¿Pero quién podría defenderte de mí?"

Con el estómago lleno y la cabeza despejada, salí a la calle dispuesto a visitar a Pels. Bueno, no todo siguió tan bien.

Un enjambre de periodistas me aguardaba. Cámaras fotográficas, por lo menos diez grabadores y una cámara de televisión.

Por lo visto, alguien había desparramado la noticia de que defendería a Pels, y el conserje no había olvidado con tanta facilidad la derrota a manos de los Pestarini.

Antes de pasar a narrarles el diálogo que siguió, quisiera comentarles una opinión. A mí me parece muy mal cuando los periodistas acosan a gente que no ha hecho nada malo. Esto es, no puedo soportar cuando los periodistas le meten el micrófono en la boca a un padre que acaba de perder a su hijo, o al sobreviviente de un accidente o a un rockero acusado de decir una palabra obscena. En esas ocasiones, el acoso periodístico es inmoral. De modo que yo no estaba dispuesto a dialogar con aquellas personas que ni siquiera habían tenido la deferencia de pedirme una entrevista telefónica.

—¿Es cierto que defenderá al marciano? —me gritó uno.

—¿Qué opina su abuelo? —espetó otro.

—Señores, señores —traté de tranquilizarlos en voz alta—. El tema es más complejo. Pasen por favor al vestíbulo del hotel, e improvisemos una conferencia de prensa.

Con un gesto pedí disculpas al conserje, haciéndole entender que no había más alternativa que ocuparle el vestíbulo. Por su mueca de aceptación resignada confirmé que había sido él quien les había advertido de mi presencia allí.

Los periodistas, alegres y agradecidos, desmontaron sus cámaras, se sacaron las mochilas de los hombros y pasaron al vestíbulo. Cuando hubo entrado el último, y por fin descansaron luego de su larga espera frente a la puerta del hotel, le dije al conserje:

—Sírvales un café, por favor.

Salí a la calle, paré un taxi y hui.

En la puerta de la cárcel de Caseros me aguardaba Broder. La cárcel de Caseros es un monumento a la opresión. Tal vez todas las cárceles lo sean. Ojalá las generaciones futuras consideren estos edificios como pirámides inentendibles. La torre de Babel quedó a medias porque los hombres no se entendían, las cárceles se construyen por el mismo motivo. Allí estaba encerrado Pels.

—Cómo le va, Pestarini —me saludó Broder.

—Acá estamos.

Flanqueados por un policía fuimos hasta la celda de Pels.

—Muy bien —dijo Broder. -Éste es el abogado del que le hablé.

—Seré su abogado —dije.

—Podés llamarme Pels.

Antes de retirarse, Broder me advirtió:

—Estaba en un bar y lo vi en la tele. Lo están esperando. Ya hay varios periodistas hablando mal de usted.

—¿Tenemos la prensa en contra? —interrumpió Pels—. Eso en Marte es signo de buena suerte.

—No aquí —dije—. Pero no se preocupe, profesor. No es el mayor de nuestros problemas.

—De acuerdo —dijo Broder despidiéndose—. Y ya puede dejar de llamarme profesor, ahora somos colegas.

Pels me narró detalladamente su caso. Nada nuevo.

—Quiero hacerle una pregunta —dije—. Fundamental. Sólo debe respondérmela a mí. ¿Usted quiso matar a ese hombre?

—¿Por qué iba a querer matarlo?

—Qué se yo... por ser de otro planeta.

—Claro, claro, claro —dijo Pels—. El clásico racismo interplanetario. El marciano quiere matar al venusino porque es azul, el venusino al jupiteriano porque es amarillo y el jupiteriano al terráqueo porque es verde, y esto ya parece Viaje a las estrellas.

—¿Dan *Viaje a las estrellas* en Marte? —pregunté ingenuamente.

—Me tuvieron una hora en la oficina del comisario —dijo Pels—. Con la tele encendida, viendo *Viaje a las estrellas.*

—¿Hay tele en Marte? —pregunté.

—Marte es un secreto que no puedo revelar.

—Ahora, usted dijo que los venusinos son azules, los jupiterianos amarillos... ¿usted los conoce?

—¿Que si los conozco? ¡Nos llamamos por el nombre!

—Escúcheme, Pels, usted está en una situación complicada. No es el momento de hacer bromas. Pero... ¿usted dijo que los terráqueos son verdes?

—Claro. ¿De qué color cree que son?

—¡Del mismo que el suyo! —grité—. De color...

31

—Verde —dijo Pels.
—¿Pero usted me ve verde? —dije mirándome con asco.
—No —dijo Pels—. Es una broma. Pero bueno... ¿serás mi defensor?
—Si me deja —dije.
—Mi padre siempre me decía —dijo Pels.

No pude avanzar mucho más con Pels. O bien se burlaba de mí, o bien las diferentes atmósferas planetarias producían también lógicas mentales diferentes. A mí me interesaba especialmente demostrar su inocencia, sacarlo de la cárcel y devolverlo a su planeta. A Pels no le importaba nada.

Broder me esperó a la salida de la cárcel, y antes de despedirse, me dijo:

—Dentro de dos días, usted tendrá su primera audiencia oral y pública por el caso Pels. No intente que el marciano le explique qué quiso hacer. *Convénzase* de que es inocente. A partir de ahora, no importa lo que él diga, importa lo que diga usted y lo que piensen el juez y el jurado.

—¿Y usted? —le pregunté atemorizado—. ¿No seguirá ayudándome?

—Por supuesto —dijo Broder—. Lo voy a dejar solo. Seguiré el juicio como un observador imparcial.

—Si hay algo que detesto —dije enfurecido—, son esas personas que creen que ayudan a un ciego soltándolo en la mitad de una avenida para que "aprenda con la experiencia".

—Lo dejo, Pestarini —dijo por fin Broder—. Si tiene miedo, acuérdese de que siempre tiene la posibilidad de volver a lo de su abuelo y defender a una chica o a un patrón.

Nunca hay que contarle los problemas de uno a nadie. Es como darle al enemigo el mapa de nuestras zonas fronterizas descuidadas. Si uno, después de muchas dudas y temor a que lo consideren un cobarde, le confiesa a una novia, por ejemplo, que le teme a los ascensores, el día en que por algún motivo surja una violenta pelea, ella dirá: "Todo lo arruinaste vos, con tu indiferencia, con tu impuntualidad, con tu desidia, pero, especialmente, con tu cobarde e irracional temor a los ascensores". En ese sentido, Pels comenzaba a gustarme. No mostraba flancos débiles. Cuando uno comenzaba a acercarse a cierta lógica de su personalidad, él lo despistaba. Claro, siempre cabía la posibilidad de que no me estuviera despistando sino que, en efecto, su personalidad no tuviese ninguna lógica. Esto es que, como en todos lados, en Marte también hubiese locos. Y pensándolo bien... ¿a quién si no a un extraterrestre insano se le ocurriría visitar este planeta? ¿Cómo haríamos la publicidad de un tour para visitar la Tierra? Yo creo que enunciaría sus bellezas naturales, pero no haría demasiado hincapié en la amabilidad de sus pobladores.

Pensando estas estupideces llegué al hotel. Esperaba encontrarme con periodistas rezagados y furiosos dispuestos a matarme, con el hotel destrozado por periodistas furiosos y el conserje listo para matarme, con alguna hecatombe. O simplemente con mi propia soledad en la habitación, que ya no me parecía una tragedia menor. Me encontré, sin embargo, con mi padre. Me aguardaba en la puerta del hotel.

—Me enteré por la tele —me dijo—. Así que también vos te fuiste de esa casa.

—Pasá —le dije.

Entramos al vestíbulo del hotel, nos sentamos en los mullidos sillones, y el conserje, como si nada hubiese pasado, nos preguntó si deseábamos algo.

—Dos *whiskies* —dijo mi padre.

—No —dije yo—. Un *whisky* y un agua tónica.

—No —dijo mi padre sin dejar ir al conserje—. Dos *whiskies* y un agua tónica. Los dos *whiskies* son para mí.

El conserje se retiró en busca del pedido.

—Te pedí un *whisky* —reconoció mi padre—. Para festejar tu independencia. Si querés, lo tomás.

—No. Quiero tener la cabeza despejada. Tengo por delante un caso difícil.

—Tomar un trago de *whisky* no te va a emborrachar.

—Ya lo sé. Pero, para festejar mi independencia me parece mejor hacer lo que tenga ganas.

Pasó un segundo y pregunté:

—¿Nosotros le ganamos un juicio a este hotel?

—¿Nosotros? —repreguntó mi padre.

—Sí, los Pestarini.

—Ah, ¿era este hotel? Elías Pestarini. Innombrable en la familia. Ahora vive en España. Fue la primera vez que un Pestarini representó a un empleado. A una empleada. Como era mujer, y además ganamos, el abuelo permitió que el apellido quedara ligado al caso; pero de Elías no se habló más.

La mucama bonita de la mañana nos trajo el pedido. En el bolsillo del delantal blanco tenía bordado en rojo su nombre: Maite.

Mi padre la miró más de lo necesario. Cuando la chica se alejó, dejándonos en una bandejita los dos vasos con **whisky** y el agua tónica, le dije a mi padre:

–No la mires así. La miré yo primero.

–Elegiste bien –dijo mi padre–. Algo heredaste de mí.

–Dejá –dije–. En ese plano, prefiero que me desheredes.

–Bueno, bueno –dijo mi padre comenzando a beber su **whisky**–. No vine a pelear, vine a felicitarte. Por tu trabajo y por tu nuevo hogar.

Chocamos los vasos. Yo vacié mi vaso de agua tónica y él, ante mi asombro, vació de un trago su vaso de **whisky**. Se levantó. Tuve ganas de pedirle que aún se quedara un rato, pero me contuve. No sé por qué.

De pie, le dijo al conserje:

–¿Se acuerda del juicio que le ganamos? ¿El de la mucama que metió el pantalón en el inodoro?

–Imposible olvidarlo –dijo el conserje.

–Bien –dijo mi padre–. Quiero que este vaso de **whisky** permanezca intacto en esta mesa, hasta que mi hijo lo beba. Que nadie lo toque, es para él. De lo contrario, me veré obligado a iniciarle un nuevo juicio. Y ya sabe que lo ganaré.

—Comprendido, señor —dijo el conserje—. ¿Algo más?

—Nada más —dijo mi padre y se fue.

Como los aventureros y los personajes de las novelas, se fue sin pagar. El vaso de *whisky* quedó allí, intacto. El conserje, como si nada, detrás de la barra. Me levanté y me acerqué a él.

—Escúcheme —le dije—. Puede sacar ese vaso cuando quiera. Nadie le hará nada.

—Agradezco su intención —dijo el conserje—. Pero hasta que su padre no retire la amenaza de juicio, el vaso permanecerá ahí.

—Yo no pienso tomar ese *whisky* —dije—. ¿Lo tiro al inodoro?

—No mencione esa palabra, por favor. Me trae malos recuerdos. Y no, si no lo bebe, el vaso debe quedar ahí. Si quiere ayudarme, se lo suplico.

—Bueno, bueno. Está bien. Lo dejo ahí. Pero, ¿hasta cuándo?

—Hasta que se evapore.

—Bueno —asentí como si el conserje fuera un niño (que es lo que volvemos a ser los hombres cuando estamos asustados)—. Ahora escúcheme una cosa. Por lo que veo, usted, a los Pestarini, no sólo nos odia sino que también nos teme. Hoy reveló mi presencia a los periodistas en forma traicionera, y ahora le obedece a mi padre con sumisión. No me agrada que usted me tenga miedo. Sé que puede ser muy divertido que a uno le teman, pero realmente no soy de los que se divierten con eso. Y creo que si usted me pierde el miedo, ese miedo que me tiene porque me apellido Pestarini, tal vez, también, me odie un poco menos. Por lo pronto, quisiera sellar ya mismo un armisticio con usted.

Y le extendí la mano.

La mueca del conserje varió. Pasó de esa mezcla de servilismo y desconfianza, a una expresión franca. Me extendió su mano. Nos dimos un apretón.

Subí por la escalera y pensé que tantos años de facultad habían redundado, finalmente, en favor de un buen alegato. Sin embargo, cuando llegando a mi piso pude ver por encima de la baranda el vaso de *whisky* aún clavado en la mesa de vidrio del vestíbulo, perdí un poco de esa confianza que había comenzado a recobrar en el género humano.

Entré a mi habitación, cerré con llave y me tiré en la cama.

Bajé las persianas y los párpados.

El susto que me pegué entonces, no lo olvidaré nunca en mi vida.

Me asusté tanto que no pude gritar. Emití una especie de gemido apagado que casi me asfixia.

Ocurrió que, de abajo de la cama donde yo yacía intentando descansar, salió un *gnomo*. (No sé en qué mitología escandinava acusan a un duende enano de andar por las casas repartiendo pesadillas).

Recortada en la oscuridad, vi la silueta de un enano malvado, que, pensé con seguridad en ese instante de pánico, se lanzaría sobre mí, pegaría su boca a la mía, y me robaría el aliento y el alma.

Súbitamente, se encendió la lamparita del velador de la mesa de luz y vi a un sujeto, un hombre, de un metro cincuenta de estatura, con un guardapolvo blanco, con el dedo índice pegado a los labios pidiéndome silencio y la otra mano aún en el cable del velador.

Cuando por fin pude soltar el aire que había contenido en mi terror, el extraño personaje me dijo:

–Soy el profesor Jeremía Raffo, no se asuste.

Mi respuesta, impensada e impulsiva, fue un directo a la mandíbula que dejó al profesor extendido cuan corto era en la alfombra de mi habitación. Por supuesto, no lo hice a propósito. Ese puñetazo fue el grito que no pude lanzar. Un simple acto reflejo en respuesta al terror. Claro, no hay que esconderse debajo de la cama de las personas y salir en la oscuridad.

Jeremía Raffo sacudió un poco la cabeza y dio muestras de poder reincorporarse.

–Bien... bien... –comenzó a decir con una voz ronca y baja–. Necesitamos jóvenes fuertes para defender el planeta. Un planeta fuerte estará en mejores condiciones de hacer la paz.

Terminó de reincorporarse y me extendió la mano:

–Jeremía Raffo –me dijo–. Profesor.

Yo no le extendí la mano a mi vez, pero aproveché para mirarlo.

Medía un metro cincuenta. Lucía una calva custodiada por dos franjas de pelo cano. Llevaba un guardapolvos blanco que pretendía ser el de un doctor clínico y parecía el de un escolar rezagado. Sobre su nariz se montaban unos anteojos de llamativo grosor que, se notaba por cómo miraba, no terminaban de ayudarlo a divisar con claridad el mundo.

—Jeremía Raffo —repitió, sin abandonar el tenor ronco de la voz, pero subiéndole el volumen y dejando escuchar un cierto acento italiano—. Investigo. Hace años que estoy tras un marciano. Años y años. Desde chiquito. Es un gusto conocerlo.

Y sin que mediaran explicaciones, se arrodilló ante mí, me tomó la mano por la fuerza y me la besó.

Fue tal la fuerza del absurdo, que me repuse y logré hablar.

—Yo no soy el marciano —dije.

—Lo sé. Lo sé. Pero usted es su abogado. Somos colegas. Yo los busco, usted los defiende.

—Levántese, por favor. Levántese del suelo.

Jeremía Raffo me hizo la gracia de ponerse de pie.

—Estoy cansado y quiero dormir —dije—. Dígame qué quiere, retírese y mañana hablamos.

—Todo lo que quiero es hablar una vez con el marciano —me dijo—. Desde los cinco años, en Italia, comencé a buscar un contacto extraterrestre. Lo que fuera: un venusino, un saturnino, un selenita. Jamás. Nunca atendieron a mis ruegos. Y por fin, en esta sagrada tierra, donde encontré trabajo y abrigo, aquí, en la tierra del trigo, por fin, luego de una vida de desvelos, he encontrado lo que tanto busqué: un marciano. ¿No es cierto que usted me lo dejará ver?

—Mire. No sé si usted sabe que desde su llegada han intentado hablar con él prácticamente todos los servicios secretos de Occidente. Los medios de comunicación de este país se pelean por conseguir una entrevista a solas con él. No sé quién se cree que es usted, realmente. Por otra parte, mi único privilegio en cuanto al trato con el marciano es defenderlo ante la Corte. No es a mí a quién debe suplicarle que le permita verlo o hablarle.

—Usted, como abogado, tiene derecho a un asistente. Si usted me nombra su asistente, podré ver al marciano.

—¿Y por qué yo habría de nombrarlo mi asistente?

Jeremía Raffo pareció elevarse en estatura cuando lanzó su razón:

—Porque yo sé la verdad.

—Mire —le dije, abriendo la puerta de mi habitación y empujándolo hacia el pasillo—, a mí no me interesa la verdad... Mi abuelo tiene una, y si no quiero ésa, imagínese...

El profesor Raffo intentaba clavar sus pies al suelo mientras yo continuaba arrastrándolo hacia afuera.

—Yo sé por qué vino el marciano. Vino a buscar el alma humana. Allí tienen pasto y cuerpos parecidos a los nuestros. Pero no tienen alma. El marciano viene a buscar el alma humana.

Logré despegarle los pies de la alfombra y prácticamente lo arrojé al pasillo. Jeremía Raffo cayó, se enroscó en sí mismo y antes de que yo pudiera cerrar la puerta se incorporó, gritó "muchas gracias", y salió corriendo.

Regresé a mi cama. Apagué la luz. La prendí. Me puse de pie, miré debajo de la cama. Eché un vistazo alrededor de la habitación. Me acosté. Cerré los ojos y desperté recién al día siguiente.

Los dos días previos a la primera audiencia los pasé leyendo jurisprudencia penal. Buscaba casos en los que una persona matara a otra sin querer.

El caso Pacheco-Bermúdez, en el que la podadora eléctrica de Pacheco había huido de sus manos y pasado por encima de Bermúdez, quien tomaba plácidamente sol en la quinta de su amigo.

El caso Ferroso de Lainez-Lainez; "¿Cortaste la luz?" fue lo último que preguntó el marido.

El caso Nievas-Artone. Elíseo Nievas intentó suicidarse, arrojándose desde un cuarto piso. Cayó sobre Augusto Artone de 85 años, quien amortiguó la caída, salvó la vida de Nievas y falleció como consecuencia del golpe recibido.

Judicialmente, estos casos se abordaban por dos flancos. El objetivo y el subjetivo. El objetivo: ¿había sido riesgoso el comportamiento del homicida? En el primer caso, el de Pacheco-Bermúdez; podar el césped, básicamente, no constituía riesgo. Se comprobó que la podadora funcionaba correctamente. Pacheco no padecía dificultades en las manos ni en la vista. Entonces la pregunta pasaba al plano subjetivo: ¿tenía alguna razón Pacheco para hacerle daño a su amigo Bermúdez? No, aparentemente no la tenía.

En el caso en que Mariquita Ferroso de Lainez había cortado la luz antes de que su marido, Lucio Lainez, se electrocutara intentando enroscar una lamparita, tampoco había comportamiento de riesgo ni intencionalidad aparente. Mariquita había bajado el interruptor, pero la luz no se había cortado.

Distinto era el caso de Elíseo Nievas: su comportamiento sí era riesgoso. Arrojarse desde un cuarto piso no sólo implica un riesgo evidente para quien se arroja, sino para todas aquellas personas que caminan desprevenidamente bajo ese balcón o ventana. Pero, en este caso, si bien arrojarse de un balcón implica una culpa tan grande como la de arrojar una maceta o una piedra, la responsabilidad de Nievas quedaba disminuida por su evidente desesperación y, en cuanto a su relación con la víctima, podía suponerse, a diferencia de los casos anteriores, que era totalmente inocente, porque lamentablemente para el fallecido Augusto Artone, aquella había sido la primera y última vez que se habían visto.

En todos los casos era dificultoso probar la inocencia de los torpes victimarios. La justicia humana se mueve en su mayoría por evidencias materiales. Y las intenciones no son materiales.

—¡Objeción! —gritó el fiscal acusador.

Pels acababa de protagonizar un escándalo de proporciones, en plena sala.

El fiscal lo estaba interrogando; súbitamente Pels se puso de pie, sin dar explicaciones se dio vuelta los párpados y, como poseído, comenzó a recitar:

—Terrícolas, estoy recibiendo un mensaje telepático de mi planeta. Mis amigos dicen que si no me sueltan ya mismo, invadirán la Tierra.

Un silencio sepulcral se adueñó de la sala.

El juez se sobrepuso al temor y preguntó:

—Señor Pels... ¿está usted amenazando a este tribunal?

Pels puso nuevamente los párpados en su posición natural, sonrió y contestó:

—De ningún modo, señoría. Era una simple broma. ¿Qué cree usted, que los planetas son barcos y sus habitantes van por allí realizando abordajes? ¿Qué clase de jueces tienen en la tierra que no saben distinguir entre una amenaza y una broma?

—Señoría... —intenté comenzar a contener lo que seguramente sería una ira incontenible —mi defendido, seguramente, ignora el respeto que se le debe a un alto magistrado. Le ruego no tome en cuenta sus estupideces, le ordene sentarse y le permita continuar respondiendo las preguntas del fiscal.

—Objeción —gritó el fiscal—. Pido a su señoría que amoneste de algún modo al reo. También pido al jurado que tome nota de la imposibilidad del reo para aceptar los límites y las leyes. Quien bromea con la seguridad de la Tierra, puede bromear con la vida humana.

Pels aceptó sentarse.

—Señor Pels... —dijo el fiscal —¿por qué mató usted al señor Puriccelli?

—Su señoría —dijo Pels—. ¿Es posible matar a un hombre? ¿Cree usted en el alma inmortal?

—Es usted quien debe responder —insistió el fiscal.

—Si el alma de los hombres es inmortal... ¿cómo es posible matarlos? —siguió Pels.

—Señor Pels —lo amonestó el juez—. Ninguno de los aquí presentes duda de la inmortalidad del alma humana. Pero aquí tratamos de lo que se le ha hecho a un cuerpo. Le ruego que conteste al respecto.

El abogado del marciano

—Yo no maté a nadie —dijo Pels—. Traté de transmitir un mensaje.

—Cuarto intermedio —gritó el juez.

Pels, como si no entendiese la orden del juez, o, más claramente, como si no le importara, siguió soltando ráfagas de incoherencias:

—Já, me río de esa alma humana inmortal. En Marte, el alma de cada marciano dura doscientos años. Después de que el marciano muere, el alma vive hasta completar los doscientos años. Por eso, en Marte puede haber asesinos de marcianos y asesinos de almas de marcianos, son dos cosas distintas. A nadie en Marte se le ocurre pensar que el alma es inmortal, sí que vive más que el cuerpo. A ver, ustedes, por ejemplo, ¿para qué están aquí en la Tierra?

Pese a la insolencia de Pels, su pregunta retumbó tan fuerte en la sala y en nuestros corazones, que todos los allí presentes nos quedamos observándolo demudados.

—Quieren juzgarme a mí y ni siquiera saben para qué están en su propio planeta. Me quieren acusar de eliminar una vida cuando ni siquiera saben para qué la quieren.

—Señor Pels —dijo el juez, que de a poco se iba revelando como un hombre sabio—. Nada valoramos más los humanos que el misterio. Nuestras principales religiones no intentan revelar los misterios sino adorarlos. Y el misterio de nuestra aparición en este bendito planeta, es uno de nuestros más queridos enigmas. La vida es un misterio, usted está acusado de haber apagado una y, de haberlo hecho adrede, debe pagar por ello. Ahora, le suplico que se deje conducir por nuestros agentes del orden. De otro modo, me veré obligado a indicarles que ejerzan sobre usted algo que para ellos no es ningún misterio: la violencia.

Pels, lo vi por primera vez de mal talante, se dejó conducir por los dos policías. Lo llevaron por el pasillo que conecta los tribunales con el sótano donde está estacionado el celular que lleva a los acusados a la cárcel.

Entonces, en ese momento, sentí en mi cerebro un impacto que debo aclararles.

Unos años atrás, un pequeño sobrino de la familia Pestarini había regresado de paseo a la Argentina, luego de tres años de vida en Italia.

El chico tenía ocho años y sus padres habían emigrado por razones laborales. Tomé contacto con el chico en la casa de mi abuelo y, además de caerme simpático, me sorprendió con una frase.

Él dijo: "Qué rico perfume estoy escuchando". Era una expresión a la que llegaba por pensar en italiano y hablar en castellano, propia de un niño que debe lidiar con dos idiomas.

Con aquel impacto en el cerebro, lo recordé porque escuché, no con el oído, sino con mi cabeza. Escuché con los huesos parietales, con el cráneo todo, con el cerebro. Y no fue un retumbar ni una vibración, fueron palabras bien formadas y concretas.

Con los huesos de mi cabeza, con mi cerebro, escuché una voz. Era la voz de Pels. Pels me estaba diciendo, de cerebro a cerebro (o lo que fuese que tuviera dentro de su extraña cabeza), Pels me estaba diciendo:

"Me voy a escapar".

Pels escapó una tarde de noviembre de 1996. No sé si "escapó" es el término correcto. Digamos que se esfumó. Desapareció. Fue realmente extraño.

    El guardia lo dejó en su celda, con la puerta cerrada.

    Pels le chistó; cuando el guardia giró, Pels ya no estaba en su celda. Era el clásico modo de actuar de mi amigo el marciano.

    El profesor Broder me llamó al hotel para darme la mala nueva. Pels había desaparecido de su celda y su paradero era desconocido.

    –Si pudo huir así –me dijo Broder por teléfono– es probable que ya esté en Marte. ¿Por qué no escapó antes?

—Pels tiene una lógica distinta de la nuestra —le dije—. O lo que es peor, no tiene ninguna lógica. Quizá quiso dejar limpio el nombre de los marcianos, y escapó cuando supo que no lo conseguiría. Bueno, pero ahora, ¿cómo sigue todo?

—No sigue de ninguna manera —me dijo Broder—. Pels es un fugitivo. Eso no demuestra su culpabilidad ni aumenta su pena. No creo que se comunique con usted, ni puede seguir el caso en su ausencia.

—Es decir, acaba de concluir mi primer caso y mi único trabajo.

—Se podría decir que sí. ¿Está arrepentido?

—No. Creo que elegí la mejor alternativa. ¿Cobraré algo?

—Sí, sus honorarios estarán liquidados dentro de tres meses —y con sorna agregó:

—Con un poco de suerte, dentro de cuatro.

Broder deslizó algunas frases de consuelo que ya no recuerdo. Me dejé caer sobre la cama y traté de no pensar en qué iba a hacer de mi vida. Me sentía como un boxeador que hubiese estado entrenando durante siete años para la gran pelea del siglo y, cuando por fin sube al **ring,** el *referee* le dice que no podrá competir, ganar ni perder, porque el boxeo acaba de abolirse: ya no existe más.

Prendí la radio de mi habitación (esas radios de hotel que están pegadas arriba de la cama, que parecen un calefactor o un extractor de aire) y escuché el final de un concierto de música clásica. Pensé:

"Rechacé el trabajo que me ofrecía mi abuelo, y mi

único cliente se fuga sin avisarme. Soy un fracaso". En ese momento golpearon la puerta, y antes de apagar la radio para preguntar quién era descubrí que me gustaba la música clásica, que era un excelente acompañamiento para sentirse la peor persona del mundo, o, más acorde a mi situación, la criatura más desdichada del universo.

Era Maite, con su delantalito bordado en el bolsillo superior. Venía a hacer la pieza. Se suponía que a esas horas, tres de la tarde, yo no debía estar tirado en la cama como un borracho sin hacer nada, y sí, en cambio, debía dejar la pieza libre para que la mucama la preparara.

–Ya me voy –le dije.

–No hace falta que se vaya –me dijo Maite, mientras comenzaba a barrer del piso partículas de polvo que yo nunca hubiese descubierto.

–¿Le molesta que escuche música mientras trabajo? –me preguntó.

Prendió la radio y de los agujeritos salió la melodía del Llanero Solitario. Un viejo personaje de una vieja serie de televisión. La melodía es más o menos así: taratatá taratatá taratata. Pero, a decir verdad, la música por escrito se transmite de otra manera, con corcheas y demás. De todos modos, si ustedes pueden escuchar con el ojo, tal vez descubran cómo es la melodía del Llanero Solitario. Al ritmo de esa música, Maite comenzó a ordenar la pieza mientras yo permanecía tirado en mi cama.

En una habitación de hotel no hay demasiado espacio, y yo no tenía sitio donde poner los ojos sin toparme con ella.

Lógicamente, tendría que haberme ido de la habitación. Pero ella me había dicho que no hacía falta. Me ponía nervioso no poder dejar de mirarla y, de haberlo podido hacer sin causarme perjuicios, me habría sacado los ojos y los habría puesto en el botiquín del baño, para poder permanecer allí, sintiéndola sin mirarla.

Hubo un momento en que realmente me puse nervioso, pues descubrí que, alterado ya por haber escuchado a Pels con los parietales, estaba mirando a Maite con distintas partes de mi cuerpo. Me encantaba verla trabajar. Bajé sin pedirle permiso el volumen de la radio y pregunté:

—¿Vos supiste algo del juicio que perdió el hotel contra la mucama que tapó el inodoro con un pantalón?

—Sí —dijo Maite—. Es una historia conocida.

—¿Sabés cómo fue?

—Hummm, está prohibido hablar del caso —dijo Maite.

—¿Qué? ¿Por qué?

—El dueño del hotel, el señor Olazabal, no quiere oír hablar del tema. Cuando entrás a trabajar acá, el conserje, que es también jefe de personal, te dice: "En todo el hotel se rumora el juicio que perdimos contra los Pestarini. Fíjese, se lo estoy diciendo yo. Pero si usted lo repite, o se lo cuenta a alguien, y yo la escucho, está despedida. El señor Olazabal no quiere oír hablar de ese juicio". Y aunque el señor Olazabal ni pisa por acá, jamás mencionamos el tema.

El abogado del marciano

—¿A qué le tenemos tanto miedo? —le pregunté a Maite.

—Yo, a que me echen —dijo Maite.

—¿Y el señor Olazabal, a qué le teme?

—Seguro que a nada —me dijo Maite—. Lo tiene todo.

—No lo creo —le dije—. La gente que da miedo le tiene miedo a algo. Por eso me gustó Pels, él sí parecía no tenerle miedo a nada.

—¿Quién es Pels? —me preguntó Maite.

—El marciano.

—¡Los marcianos no existen! —me gritó Maite.

—Cómo que no. Yo soy el abogado de uno.

—Ah, ése —recordó Maite—. Los marcianos no existen: ese marciano es una excepción.

Dejé que Maite terminara de hacer mi habitación a solas, y bajé al vestíbulo central del hotel.

Llegando a la mesa a cuyos costados habíamos estado sentados mi padre y yo, vi el vaso de **whisky**.

"Muy bien —me dije—, el conserje tiene miedo de que le hagan otro juicio y deja el vaso en su lugar. Yo estoy aterrorizado porque no sé qué hacer de mi vida ahora que perdí mi trabajo, y es un excelente momento para probar por primera vez el **whisky** y liberar a la mesa de este vaso".

Levanté el vaso, uno de esos vasos de vidrio bajos y anchos, de fondo grueso, que a duras penas me entraba en la mano, y lo llevé hacia la boca. Cuando el vidrio estaba por tocar el labio, una mano fría me aferró la muñeca y escuché:

—No beba.

Giré asustado y vi al profesor Jeremía Raffo.

Raffo me observaba frunciendo la nariz, como si fuera yo y no él quien hubiese aparecido en forma repentina, como aguardando que yo le dijera qué quería. Descubrí que fruncía la nariz en un esfuerzo supremo por aguzar la vista, como si su miopera pudiera corregirse con la voluntad.

—Lo sé todo —me dijo—. El marciano escapó. Me alegro. ¿Cómo íbamos a tener encerrado en una de nuestras mazmorras a un ser de otro planeta? Ni el peor de los terráqueos debiera estar encerrado allí. Pero ese no es nuestro tema, debemos hallar al marciano. Una vez que vino uno, no lo vamos a dejar ir sin preguntarle por los enigmas fundamentales del universo infinito...

Intenté insertar un bocadillo pero Jeremía siguió hablando, sin soltarme la muñeca.

—¿Cómo encontrarlo ahora que huyó de este modo desolador? Simple y directa, le doy la respuesta: saber el motivo por el cual vino a la Tierra. Yo lo sé. Aparte de que Argentina es la tierra de las oportunidades, y aquí se halla el trigo, la carne y el marciano, además, digo, el marciano vino a buscar el alma humana. Ya tiene *una*, y quiere regresar a su planeta. ¿Dónde apareció por primera vez? ¡En el Río de la Plata! ¿Desde dónde partirá en su viaje de retorno? ¡Desde el mismo sitio! Piense: si usted llega a la Argentina de Estados Unidos, aterriza en el aeropuerto; para regresar a Estados Unidos, despega desde el mismo aeropuerto.

Me dolía la cabeza y no encontraba signos de cordura en el desordenado discurso de Jeremía Raffo.

–Mire... –comencé a decir.

Raffo no me dio tiempo. Me levantó por la muñeca y gritó:

–Ya mismo a la Costanera. Al Río de la Plata.

A diferencia de la primera vez que lo había visto, ahora no tenía nada que perder. Me dejé llevar, no porque confiara ni mínimamente en él, sino para alejarme del hotel, del caso y de mi pena. Al salir, tuve un segundo para notar que el vaso de **whisky** continuaba intacto sobre la mesa.

Los marcianos son extranjeros en cualquier país de la Tierra. Todos, tengamos o no documentos, nacimos en algún pedazo de este planeta. Los marcianos, en cambio, son forasteros absolutos. Por eso creo que esta historia que estoy contando, mi actuación en la defensa de Pels, puede interesar a personas de todo el planeta. Porque un marciano es una novedad para todos. Es un tema planetario. Y en este sentido, creo que debo aclararles, brevemente, qué es la Costanera. Pues muy bien, en la Capital Federal de la Argentina, la ciudad de Buenos Aires, hay un río gigantesco, que, según dicen, es el más ancho del mundo, cuyo nombre es Río de la Plata, nombre tal vez acertado en la época en que los conquistadores españoles lo navegaron por primera vez, pero decididamente incoherente ahora que su color oscila entre el marrón oscuro y el negro impenetrable. Hacia el horizonte, el río es infinito; pero en sus costas, termina. Allí, los argentinos hemos alzado unas barreras blancas, detrás de las cuales caminamos; y al paseo que recorre todo el final del río lo llamamos Costanera. En la Costanera es habitual comer choripán y pescar. Todo el mundo sabe qué es pescar, pero no ocurre lo mismo con el choripán. El choripán es un sándwich de chorizo y pan. El chorizo es un embutido de origen español y, en el sándwich que les describo, va emparedado en dos tapas de pan francés. El condimento con que se lo suele aderezar se llama "chimichurri". Y he aquí, no sólo la descripción de la Costanera sino del ser argentino: comer choripán con chimichurri mirando el Río de la Plata. Es una de las cosas más bellas que pueden hacerse en este país, y creo que disfrutar este acto debería ser el único trámite para poder naturalizarse argentino.

Muy bien, eso es la Costanera. Allí me llevó Jeremía Raffo en busca del marciano Pels.

Como imaginarán, los choripanes no se pescan. Es cierto que mirando el río entre marrón y negro, cuyo fondo es imprevisible, uno no puede imaginar que allí vivan peces sino seres extraños y tenebrosos, sí, pero no choripanes. Los choripanes se venden. Se expenden desde unos puestitos de lata. Son unas casitas de lata con parrilla. Les cuento todo esto no por haberme sobreexcitado en mi rol de guía turístico, sino porque cuál no sería mi sorpresa cuando vi a Raffo, con quien habíamos arribado a la Costanera en el colectivo 160, sacar una llave de su bolsillo y abrir la casilla de un puestito de choripán.

Ya eran más de las cuatro de esa tarde calurosa de noviembre y el puestito abierto por Raffo era el único que no humeaba ni vendía choripanes. En su interior, el calor era desesperante. Y no contenía panes ni chorizos, sino un centenar de planos ininteligibles, un proyector de diapositivas y una pantalla apoyada en una de las paredes.

–Venga –me llamó Raffo doblando su dedo índice.

–Mire –me dijo poniéndome el ojo en un agujero de una de las chapas.

Por el agujerito, claro, se veía el río y la gente.

–Es para espiar –me dijo Raffo, al ver que yo no contestaba–. Cuando el marciano pase por aquí, lo vemos.

–¿Y cómo sabe que va a pasar por aquí? –le pregunté; por no decirle lo que estaba pensando: "Usted está loco".

–Aquí fue donde apareció por primera vez con el cadáver de Puriccelli.

–¿Y eso qué prueba? –insistí un poco fastidiado.

–Señor mío –me dijo Raffo–. Señor Pestarini. Voy a confesarle un secreto. Definitivamente creo que no gozo de su confianza ni de su completa credulidad. Y temo que al revelarle, en unos instantes, mi secreto, perderé hasta el breve lapso de paciencia que me ha concedido. Pero, más que a los marcianos, busco la verdad. ¿Y qué sería de mí si no se la dijera? Señor Pestarini, quiero decir, hace cincuenta, más, sesenta años, que estoy pensando en los marcianos. Descubrirlos es mi esperanza desde que tengo cinco años. De niño, cuando no hablaba, estaba pensando en su llegada. Y cuando hablaba, las más de las veces lo hacía sobre ellos. De adolescente, la locura que a todo muchacho embarga, vino en mi caso revestida de la obsesión por los platos voladores y los marcianos. Mis poemas, eran sobre los seres de las estrellas. Y mis declaraciones de amor, incluían frases referidas a los habitantes de Marte: "Te amo como aman los marcianos sus canales rojos. En mis brazos te sentirás sin gravedad, como en el planeta Marte. Démosnos un beso profundo que nos deje sin respiración, como tratar de respirar en la atmósfera marciana". De adulto, di paso a la investigación científica y a la frustración. Y ahora, de viejo, me llegó el marciano. Usted pensará que le cuento todo esto porque no tengo a quién narrarle mi vida, y aunque es cierto que no tengo quién me escuche, se la cuento por otra cosa. Lo que le quiero decir, señor Pestarini, es que yo creo saber lo que piensa Pels, el marciano. Creo que mi obsesión vitalicia por los marcianos me ha llevado a conectarme de una manera extraña, mental, con éste, el primer marciano que pisa la tierra. Sospecho que Pels posee el don de la telepatía y que, gracias a haber pensado durante sesenta años en él y en los suyos, ahora, cuando él piensa, algunos de sus pensamientos son captados por mi mente. Por eso supe que vino a la Tierra en busca del alma humana, por eso supe que escaparía y por eso sé que lo veremos nuevamente por aquí. ¿Me cree usted?

Lo miré y dije con sinceridad:
—Sí. Le creo.

No debí haberlo dicho. Totalmente eufórico, Raffo me empujó sobre una silla metálica, me torció el cuello hacia la pantalla (casi me mata) y prendió el proyector. A continuación, viví un momento extraño. Las imágenes y la voz de Raffo, grabada en un casete, transformaron ese cuadrado calenturiento en un solemne templo. Trataré de describir ordenadamente las imágenes que vi y los textos que las acompañaron:

1)
Imagen:
Una especie de mapa amarillo, sin divisiones, con la forma de un pedazo de masa aplastado por un puño.
Voz:
Ésta es el alma humana. Tal cuál se la conoce al día de hoy.

2)
Imagen:
Pésimo dibujo de un hombre gordo sonriendo.
Voz:
Claro que, para la mayoría de los humanos, el alma es invisible.

3)
Imagen:
Un extraño aparato, mezcla de cámara fotográfica antigua y fotocopiadora.
Voz:
Pero el doctor Jeremía Raffo ha inventado el primer y único retratador de almas. Una cámara de fotografiar almas humanas.

4)
Imagen:
Repetición de la imagen de la diapositiva número 1, junto a un gigantesco signo de pregunta.
Voz:
¿Pero qué es el alma? ¿Para qué sirve?
5)
Imagen:
Sólo un signo de pregunta.
Voz:
Sabemos que ni los animales, ni las piedras ni los vegetales la poseen. Los he fotografiado sin resultados.
6)
Imagen:
Foto de Jeremía Raffo.
Voz:
De todos mis experimentos, he arribado sólo a dos pequeñas conclusiones: el alma sólo está en el hombre y es el aparato que le sirve para diferenciar el bien del mal.

En esa diapositiva, y aunque faltaban por pasar una buena cantidad, que siguieron circulando sin que les pudiera prestar atención, Raffo interrumpió el audiovisual y comenzó a gritarme desenfrenado:

–Aquí está el asunto: ¿para qué vienen a buscar el alma humana los marcianos? ¿La quieren para su museo de almas? Sé, por los pensamientos de Pels, que poseen un museo de almas. Guardan el alma verde de los venusinos, el alma con agujeros de los sudjupiterianos, el **alma mater** de los selenitas y tienen en cautiverio a los habitantes del sol, que son almas puras, sin cuerpo ni otros órganos. Todo indica que Pels vino en busca del alma humana para su museo marciano de almas, y que para ello asesinó a nuestro coplanetario Puriccelli.

Aunque no entendía una palabra de su hipótesis, sabía que había algo en ella que yo debía rebatir:

—Momento —dije—. No sabemos si lo asesinó. La justicia aún no lo ha probado.

—Ah —dijo Raffo—. Entonces me retracto. De justicia, reconozco que no sé nada. Soy un científico.

—¿Y ahora, qué sigue? —dije.

La última diapositiva había pasado y el sol comenzaba a perdonar a aquel puestito de lata. Cuando pensé en el sol, me adelanté a formular otra pregunta:

—¿Hay habitantes en el sol? —le pregunté a Raffo, ya aceptándolo como un atlas viviente de la vida intergaláctica.

—El "sol", hijo mío —dijo Raffo con aire solemne, y como si hubiera mucho y muy secreto más por decir—, es la suma de miles de seres vivos. Roguemos por que permanezcan siempre unidos.

Nuevamente tuve la sospecha de que Raffo podía estar loco.

—Bueno, a lo nuestro —retorné a mi franja de realidad—. ¿Qué sigue ahora? ¿Nos quedamos mirando por el agujerito hasta que aparezca Pels?

—No hace falta —dijo Raffo—. Usted puede retirarse—. Tome —me dijo. Y me dio una especie de radio negra con una antena, muy pesada—. Es un transmisor. Si lo veo a Pels, oprimiré este interruptor...

Esgrimió un aparato igual al que me había dado, y le apretó un botón rojo del costado. Mi transmisor emitió un chillido agudísimo que me dio escalofrío y dolor en los dientes.

—¡Apague eso! —le grité.

—Cuando escuche ese ruido, usted prende su transmisor y me escucha. Por un defecto en el aparato usted sólo escuchará las vocales. Por ejemplo, si yo le digo: "Aquí está Pels", usted, en su transmisor, sólo escuchará: "Aíáe". ¿Entiende?

—Sí. Entiendo. ¿Pero no sería mejor ponernos de acuerdo con una letra? Por ejemplo, si usted me dice "A", yo sé que es porque ha visto a Pels.

—Lamentablemente no puede ser —dijo Jeremía—. Si digo sólo vocales, no se escucha nada. Hay que decir la palabra entera para que se puedan escuchar al menos las vocales.

—Muy bien, entonces quedamos en que si después de ese ruido horrendo escucho su voz diciendo: "Aíáe", es porque está viendo a Pels.

—Es más o menos correcto. Usted no va a escuchar exactamente mi voz, porque como ya le digo, el transmisor tiene algunos problemitas de sonido; lo que usted escuchará será algo similar al sonido que emiten los patos hembras cuando tienen cría.

—Bueno, bueno, adiós —dije.

Mientras abría la puerta, Raffo me dijo, a modo de despedida, señalando el transmisor:

—Ah, una última cosita. Es muy probable que, por diversos defectos, el transmisor no funcione. En

El abogado del marciano

ese caso, no se preocupe. Ya veremos cómo nos arreglamos.

Cuando salí del puesto de lata, eran cerca de las siete de la tarde. Subí al primer colectivo que vi. Desde la Costanera, que está al final de la ciudad, cualquier colectivo que pasa nos acerca a algún lado. Estaba bastante lleno, era gente que retornaba de un día de picnic junto al río. Hombres con cañas, mujeres bronceadas y niños agotados. La familia en pleno. El chofer miró extrañado el armatoste con antena que me había dado Raffo, y que yo llevaba en mi mano izquierda.

Saqué boleto y me deslicé hacia atrás.

Estaba mirando por la ventana y, por primera vez calmo en el día, pensando en qué iba a comer esa noche, cuando del aparato negro comenzó a salir una melodía. Por algún motivo, el transmisor estaba captando una onda radial, una frecuencia modulada, y se escuchaba. A un volumen bastante alto. Miré el aparato, como buscándole una perilla con qué apagarlo. Por su parlante salía, a voz en cuello, una canción que comenzó a tomar forma y a ser escuchada por todos los pasajeros. Era una canción muy grosera y por algún motivo alguien la estaba cantando por la radio. "Un viejo y una vieja...", decía la canción, y remataba con alguna mala palabra. La gente del colectivo comenzó a mirarme. Los chicos sonreían. Pero los padres se miraban unos a otros como preguntándose quién iba a decirme que apagara ese maldito aparato. Sonaba fuerte. Yo no sabía qué hacer. Miraba el aparato y lo hacía girar entre mis manos, tratando de dar a entender que ese aparato no me pertenecía, que tenía vida propia. La voz era estridente y el intérprete no tenía vergüenza, seguía: "Abajito de la espalda, se nota que empieza el c...". Como sé que estas líneas pueden leerlas personas de cualquier edad, y no quisiera que el padre de nadie vuelva a mirarme como me miraron en aquel colectivo, dejo para la imaginación del lector las cosas que decía aquella canción. Lo que no dejo para la imaginación del lector, pues lo viví y lo puedo narrar detalladamente, es que en un intento desesperado por acallar ese sonido, apreté el interruptor que me había señalado Raffo. El sonido que sobrevino fue peor. El mismo chillido agudo, multiplicado por cuatro. Todos se llevaron las manos a los oídos. El chofer perdió durante un segundo el control del auto y casi chocamos contra un *sulky*. Los insultos que dirigió el chofer contra el aparato y contra el "imbécil" que lo portaba transformaron a la canción grosera en el himno de las buenas costumbres. Destrabé el interruptor, y afortunadamente el sonido cesó. Pero retornó la canción de las malas palabras. Entonces, muy tranquilo, abrí la ventana y tiré el aparato a la calle. Creo que no se rompió, pues mientras el colectivo seguía su rumbo, y yo comenzaba a disfrutar con tranquilidad del viaje, escuché las últimas estrofas de la canción y la voz de un locutor que anunciaba al siguiente concursante de no sé qué premio.

Hay gente a la que le gustan las flores. Hay gente que ama la pintura. A mí me gustan los cuartos bien ordenados. Soy una persona más bien desordenada, y disfruto mucho los cuatro o cinco minutos iniciales de un cuarto pulcro al que entro.

Esa noche, al regresar de la Costanera, viví la satisfacción de encontrarme con el cuarto adorablemente arreglado por Maite, con una gota de su perfume. ¿No es una belleza encontrarse con la cama hecha, el piso brillante y sin calzoncillos, la pileta del baño seca, la ropa en su lugar? Lástima que dure tan poco. Me lavé la cara y salpiqué todo el baño. Me tiré en la cama y la deshice. Me saqué la remera y fue parar a una esquina que no le correspondía. Tenía hambre. Pregunté la hora por el teléfono. El conserje me dijo que eran las ocho. Me bañé, hice un rato de fiaca y bajé.

–¿Sabe dónde puedo ir a comer, por acá?

–En el hotel se cena muy bien –me dijo el conserje.

–Pero quiero salir –le dije.

–En Sarmiento y Pasteur hay un restaurante japonés, está casi escondido. Un árbol gordo tapa la entrada.

No sé por qué, la descripción del conserje me pareció poética.

–¿Es muy caro? –pregunté.

–Todo lo contrario –me dijo–. Yo diría que es muy accesible.

–¿Sarmiento y Pasteur?

–Lo mismo digo –me dijo el conserje.

Le dije buenas noches y salí para el restaurante japonés.

El restaurante estaba escondido, literalmente, detrás de un árbol gordo que, puedo decirlo, era un jacarandá. No es que sepa ni un poco de botánica, pero entre las canciones que me cantaban mis padres cuando era chico había una que hablaba de las flores celestes del jacarandá. Y gracias a uno de esos faroles municipales que iluminan durante toda la noche vi que ese era el color de las flores con forma de campana caídas al pie del árbol. Entré al restaurante, entonces, con una cuota de tristeza; preguntándome, a partir de las flores caídas, qué edad tenía yo cuando se separaron mis padres y por qué exactamente se habían separado. El apetito me cambió el tema y centré mi vista en las bandejas multicolores. Había todo tipo de comidas, pero ni una persona. Ya eran cerca de las nueve y media de la noche y el restaurante estaba vacío. No me parecía una buena idea quedarme comiendo allí, solo. Pero la comida me interesaba. Cuando digo que no había ni una persona, incluyo mozos y dueños. Nadie. Era el salón, las bandejas de comida y yo. Cuando apareciera algún responsable, le preguntaría si vendían comida para llevar. En tal caso, mezclaría en una bandeja tres o cuatro de los manjares que estaba viendo. Súbitamente, apareció un hombre con delantal. Un hombre japonés.

—Buenas noches —dije—. ¿Venden comida para llevar?

El hombre me sonrió. Incluso inclinó un poco la cabeza en ademán de saludo, pero no me contestó.

Considerando terminada la etapa de los saludos, repetí:

—¿Venden comida para llevar?

—Buena noche, buena noche... —me dijo el hombre indicándome una mesa—. ¿Bebida?

—Pregunto si venden comida para llevar —repetí.
—Ah. ¿Bebida? —repitió. Y separando una silla del borde de la mesa, hizo señas de que me sentara.

El idioma de las señas me pareció el más indicado, al menos yo a él lo entendía. Y en el mismo sistema quise hacerme entender. Le señalé la comida y le hice gestos de que me iba. Queriéndole dar a entender la pregunta: "¿Venden comida para llevar?"

El japonés asintió. Y cuando yo, alborozado, estaba por pedirle una bandejita de plástico para llevar la comida al hotel, vi que llenó un plato con las mejores cosas, lo depositó en la que ya era mi mesa y haciendo nuevamente gestos de que me sentara, me preguntó:

—¿Bebida?
—Naranjada —dije resignado, y me senté.

Comí solo. Aunque el japonés me había servido el primer plato, el restaurante era de tenedor libre y había que servirse uno mismo. El japonés apareció una sola vez más, tan de improviso como en su primera entrada, para traerme la naranjada, y no volvió a asomar la cabeza.

En su descargo debo decir que un inmenso botellón de agua hacía innecesaria su presencia en cuanto a líquido, y que comida no faltaba. Mientras comí, en realidad, la pasé bien. Tenía hambre y el trámite de satisfacer nuestras necesidades siempre mejora nuestro ánimo. El problema es cuando ya no tenemos necesidades. Eso fue lo que me pasó cuando terminé de comer: estaba sólo y mi apetito ya no me acompañaba.

Pensé en Pels, y por primera vez sentí que no era tanto el haber quedado desocupado del caso lo que entristecía, sino que había llegado a tener cierto afecto por el marciano, y con su huida me había traicionado.

Esa noche, como dice una canción, la tristeza había sacado pasaje de ida y vuelta. Me atacó una pena honda. Junté las manos y apoyé el mentón sobre ellas. Es mi posición preferida para soportar los ataques de la tristeza. Así apoyé mi mentón sobre mis manos cuando perdí mi pelota de fútbol a los once años, cuando murió mi abuelo materno, la primera noche en la que no me dejaron monedas después de que se me había caído un diente y... ahora, que Pels se había ido. Si al menos apareciera el japonés, para poder pedirle un café. Mirar la comida, ya sin hambre, me apenaba aún más.

Pensé: "Estoy tan triste que no voy a poder dormir".

Y entonces sucedió: del mismo modo imprevisto, apareció por la puerta el japonés, acompañado de una señora, un anciano y una chica vestida de novia. Entraron riendo y aplaudiendo. Supuse que la mujer era la esposa, la chica la hija; y el anciano el padre de alguno de los dos adultos, es decir, el abuelo de la chica. El vestido de novia era hermoso, y los tres resplandecían. Estaban realmente felices. Felices como yo no había visto a nadie en mucho tiempo. El japonés me habló, estoy seguro de que no en castellano, y no podría asegurar que fue en japonés, sí puedo asegurar que lo entendí perfectamente. Me habló sonriendo, encantado, feliz. Balbuceando. Creo que me explicó que dentro de unos

El abogado del marciano

minutos comenzaba la fiesta de casamiento de su hija, en su propio restaurante. Ese día el restaurante estaba cerrado. Pero como yo había entrado de casualidad, de algún modo me habían invitado a comer. Era parte de la fiesta. Le agradecí infinitamente. Incliné la cabeza como lo había visto hacer a él y aún más. Me llevé las manos al corazón y me incliné nuevamente. Me acerqué a la novia y le di un beso en la mejilla. Todos aplaudieron. Y en ese estado, intentando que nada me interrumpiera, salí rápidamente del restaurante, caminé tratando de que no se me despegara la aureola, entré al hotel, saludé al conserje con un ademán de cabeza, me metí en mi pieza, me metí en la cama y me dormí con una sonrisa en la boca.

Dormí suavemente hasta las cinco de la mañana. Hay horas a las que uno no debiera despertarse. Yo no trabajaba de panadero ni era camionero, pero ahí estaba, despierto a las cinco de la mañana. Sin ningún sentido. Por la ventana entraba una luz gris. Aún quedaba algo del orden que Maite había ingresado en mi habitación. Sobre el pequeño escritorio de madera que enfrentaba a la cama, descansaban un lápiz y un papel. En ese momento comenzaron mis apuntes personales sobre el caso Pels. Me pareció indicado acompañar mis primeros brotes de inspiración con unos compases de mi nueva amiga, la música clásica. Encendí la radio. Sonaba una melodía muy suave, lalaralalálalalálaralaralá; luego de un rato la locutora interrumpió para decir que se trataba de un concierto de Bach, y recomenzó la música. Unos minutos después, no fue la locutora sino unos extraños ruidos los que comenzaron a seccionar la música. Ruidos como de un motor que no arranca.

Y por último, inverosímil, precisa, molesta, la voz de Pels.

Sí, Pels me estaba hablando por la radio a transistores del hotel.

Lo primero que pensé, y disculpen mi falta de originalidad, es que era un sueño. Creo que tenía derecho a pensarlo. Eran cerca de las cinco y media de la mañana y un marciano me estaba hablando a través de una radio comercial. No era que Pels estuviera dirigiendo un mensaje a la ciudad o al país a través de Radio Clásica (así se llama). No, me estaba hablando a mí. En forma personal. ¿Cómo había logrado inmiscuirse en la onda radial AM? No tengo idea. Sospecho que la telepatía y las antenitas que llevaba en la nuca no eran ajenas al fenómeno.

Antes de contar los pocos conceptos que Pels me transmitió por radio, quisiera dedicar unas pocas líneas a su voz. La voz que salía por los agujeros de la radio (y ya era la segunda vez en menos de dos días que una radio cometía insensateces). Era una voz meliflua, con costados malignos, sin precisión, densa, y en la que no se podía confiar. Y, sin embargo, con algo atrayente, y en el fondo inofensiva. Sé que no es una definición clara, pero, lamento informarlo, casi nada en la vida lo es.

Lo que Pels, en fin, me dijo por la radio, para no molestarlos más, fue:

–Te espero en la Costanera. Nos encontramos en la Costanera. Ven aquí.

Confieso que, ni bien descubrí que era su voz, comencé a vestirme. Dispuesto a salir. Pero una vez me hube puesto los zapatos, pensé:

–¿Y por qué le voy a hacer caso? ¿Quién me garantiza que estará allí cuando yo llegue? ¿O qué me conviene encontrarme con él?

No estaba siendo justo al desconfiar de la veracidad de las palabras de Pels. Lo cierto era que antes de escaparse, me lo había anunciado telepáticamente.

En la radio, sonaba nuevamente música, esta vez de un compositor llamado Vivaldi. Aunque ahora sí confiaba en que Pels estaría en la Costanera, una oleada de rebeldía me subió a la cabeza; apagué la radio bruscamente y dije en voz alta:

–¿Y si simplemente no tengo ganas de ir, qué?

Una vez más salió la voz de Pels por la radio, que yo acababa de apagar.

–Vení sin ganas –dijo–. Es importante.

Terminé de calzarme el zapato, me lavé a conciencia (mojando casi la mitad del baño) y bajé. Al salir, saludé cortésmente al vaso de **whisky** que permanecía en su sitio.

Si algo me deprimía seriamente, eso era realizar nuevamente en colectivo el recorrido hasta la Costanera a las seis de la mañana.

Tomé un taxi, deprimiéndome ahora por pensar en el poco dinero que me restaba. El taxista pasó todo el primer tramo del viaje escuchando la radio, y yo temía que por ella apareciera otra vez la voz de Pels, de un venusino, de Dios, o que simplemente por entre los agujeritos negros saliera en forma de vapor un fantasma y me ahorcara.

De modo que cuando el taxista me preguntó:

–¿Le molesta si fumo?

Contesté:

–No, si apaga la radio.

Y sin atender a más lógica, puesto que el vicio urge, apagó la radio y fumó en paz. Y yo disfruté, en paz también, lo que restaba de viaje.

Al llegar al conocido sitio de la Costanera, vislumbré la, a esa altura, no menos conocida silueta de Pels, y le dije al taxista que me dejara allí. Pagué una cifra escandalosa y me dirigí hacia el marciano.

La escena era bien rara. O bella, lo que suele ser raro en este mundo. El sol poderoso comenzaba a emerger del río y la luz rebotaba en el agua e iluminaba a Pels. El río parecía, así incendiado, darle la razón a su nombre. Parecía de plata. Y Pels estaba vestido de brillo, con sus antenas como dos delicados pendientes en la nuca.

–Hola, terráqueo –me dijo sin girar hacia mí.

–Hola, marciano –le dije.

Y tuve la sospecha de que, aunque el universo es infinito, tal vez no haya más de dos o tres sentimientos que valgan la pena, en toda su inmensidad. El sol me obligaba a entrecerrar los ojos.

–Me voy –me dijo Pels.

–¿A Marte? –pregunté.

–Sí –dijo el marciano–. Vuelvo a casa.

–Pero estás acusado, hay un juicio...

—Sus leyes no son las mías —dijo Pels.

—Espera —le dije, tratando de ganar tiempo para pensar—. Hay una persona que debes conocer. Se ha pasado la vida pensando en ti.

Pels hizo una mueca entre el sarcasmo y el fastidio:

—Ya sé quien es —dijo.

—Debo fijarme al menos si está en su laboratorio —dije en tono de súplica—. Jamás me perdonaría que te haya dejado ir sin intentar presentarlos.

Y arriesgándome a que Pels se esfumara sin más, me acerqué al puestito de choripán que, creía, era el de Jeremía Raffo. Miré por el agujerito. ¡Efectivamente! Allí estaba el enano Raffo durmiendo, con dos enormes auriculares puestos en las orejas, de los que salía un cable atado a un metal que, descubrí, era una antena que asomaba por el techo del puestito. Golpeé la lata. Golpeé otra vez. El viejo no se despertaba. Pateé la lata. Raffo seguía durmiendo. Sin compasión pensé:

"No te habrás muerto justo ahora que está el marciano a media cuadra".

Pero estaba vivo, me lo demostró una de sus manos al rascarse la mejilla. Vivo, pero dormido como una marmota. Pateé tan fuerte el puesto de lata que si no despertaba por el ruido, al menos debería hacerlo por la vibración. Pero el sueño de Raffo parecía ser más fuerte que su obsesión por los marcianos.

Volví hacia Pels moviendo la cabeza en un gesto de resignación, pensando en que ya no había con qué retenerlo. Estaba por hablarle, cuando se detuvo, chirriando, un auto blanco junto a nosotros. Del auto salió lanzado un hombre de barba, con cámara fotográfica en las manos. Comenzó a sacarnos fotos sin parar, a Pels y a mí.

—Ey, ey —le grité—. Espere, espere...

El hombre no se detuvo. Pels lo miraba azorado, sorprendido. Las fotos eran instantáneas y, algunas de ellas, tiradas por el suelo, habían comenzado a revelarse solas.

El hombre abrió la puerta trasera del auto y, sin prestarnos mayor atención, comenzó a meter las fotos en lo que, sin duda, era un fax a batería.

Me acerqué hacia el sujeto y grité:

—Ey, qué pasa, quién es usted, qué quiere...

—Ezequiel Sarlaro —me contestó a los gritos, sin dejar de enviar las fotos por el fax—Diario La Mañana...

Le iba a pedir que por favor no enviara más de esas fotos, cuando escuché el sonido de las sirenas policiales. Levanté la vista y vi una hilera de tres patrulleros viniendo hacia nosotros. Los clásicos autos policiales: azules con luz roja.

Miré a Pels y le dije con mis ojos:

"Muy bien, ¿a ver cómo te esfumas?"

Y esperé, efectivamente, verlo desaparecer en el aire, como se deshace una voluta de humo de cigarrillo. Sin embargo, Pels me sorprendió una vez más. Se acercó unos pocos pasos hacia mí, me tomó por la muñeca, me llevó hacia las barandas de la Costanera y, cuando los coches de policía frenaron, se elevó medio metro del suelo, conmigo, y nos lanzó a los dos al Río de la Plata. Fue la primera vez en todos los años que llevo viviendo en esta ciudad, que me sumergí en esas aguas.

Pels me arrastraba hacia el lecho del río. Bajábamos a una velocidad superior a mi coraje. Intenté recordarle con la mente que los humanos no podemos respirar bajo el agua. Pero por el accionar de Pels, que ahora me llevaba arrastrando por el lecho del río, comencé a pensar que tal vez el marciano era definitivamente un homicida, y que yo sería un segundo Atilio Puriccelli, su segunda víctima.

Sin embargo, por esta vez, el alienígena parecía haber comprendido la delicada fragilidad a la que estamos condenados los humanos. Del suelo barroso del río se destacaba un cuadrado metálico. Pels removió la tierra y alzó la tapa, que era como un tapón del río. Junto con una profusa cantidad de agua caímos por un túnel y sentí que Pels cerraba la tapa al caer.

Cuando pude respirar, descubrí que estaba en un subsuelo, una suerte de guarida subfluvial.

Tosí, me salió agua por la nariz.

–¿Dónde estamos? –le pregunté.

–Ah, los humanos –me dijo Pels– no conocen ni su propio planeta. Mi padre siempre me decía.

–¿Qué es lo que siempre te decía tu padre? –pregunté furioso.

–Todas las cosas que te digo. Son cosas que me decía mi padre.

–Entonces armá la frase al revés –dije–. Mi padre siempre me decía: tal cosa.

—Todavía no manejo bien el español. Mi padre siempre me decía.

Sospeché que Pels se estaba burlando de mí. Pero preferí no darme por enterado y llegar a una conclusión cabal sobre lo que estaba sucediendo.

—¿Por qué no te esfumaste? —pregunté—. Igual que en la cárcel.

—Porque esa forma de escape es una prerrogativa marciana. Los humanos no pueden esfumarse. Mi padre siempre me decía.

—¿Tú padre falleció? —pregunté con tono adecuado.

—Ése es un secreto que un marciano no puede revelar.

Traté de regresar a la conversación que sí podía sostener.

—Te pregunto nuevamente por qué no te esfumaste. Yo no puedo, pero vos sí.

Pels me miró.

—No hubieras podido huir —repitió.

—¿Querías salvarme? —pregunté—. ¿Temías que la policía me atrapara?

Pels no contestó.

Y de pronto se apoderó de mí una curiosidad infinita. Ya no se trataba de defenderlo ante la justicia ni de preguntarle acerca de sus sentimientos hacia mí. Era la simple curiosidad por lo desconocido. ¿Cómo era Marte? ¿Qué más podían hacer los marcianos además de esfumarse? ¿Qué música escuchaban? ¿Cómo eran sus relaciones sexuales? ¿Desde cuándo conocían nuestra existencia? Todas las preguntas.

El abogado del marciano

Esperaba que no todas fueran parte del secreto marciano o "mi padre siempre me decía".

–Y además de esfumarte –comencé–. ¿Qué pueden hacer los marcianos? ¿Pueden, por ejemplo, viajar en el tiempo?

–Oh, viajar en el tiempo no es tan extraordinario –me dijo Pels–. Ustedes lo hacen a menudo. Todos ustedes viajan hacia el futuro. Vos mismo, en este momento, estás viajando hacia el futuro, minuto a minuto. Lo que sorprende a los terrícolas es el futuro lejano. Mi padre siempre me decía. No te sorprende saber que llegarás al día de mañana. Pero te sorprendería saber que llegarás al año cuatro mil.

–No voy a llegar al año cuatro mil, moriré antes.

–Claro. Si llegaras al año cuatro mil, lo que te sorprendería no es haber viajado al futuro, cosa que haces todos los días, segundo a segundo, sino el no haber muerto. Lo que te sorprendería no sería el viaje al futuro, que es cotidiano, sino la longevidad, o, tal vez, la inmortalidad.

–Pero viajar al futuro es llegar al año cuatro mil en una hora –dije enfrascado en la discusión–. Es como si ahora chasquearas los dedos y apareciéramos en el año cuatro mil.

Pels me miró fijo y chasqueó los dedos.

Me asusté.

No ocurrió nada.

–¿Cómo sabes que no estamos en el año cuatro mil ahora? –me preguntó–. En este túnel, en el medio de la oscuridad. ¿Cómo sabes que con mi chasquido no hemos arribado ya al año cuatro mil?

—No lo sé —dije, reteniendo la respiración.

—El tiempo es relativo. Un anciano mira con sorpresa la ropa que hoy usa la juventud, como si hubiera aparecido de pronto entre jóvenes, en un minuto. Olvida que ha vivido ochenta años; de pronto, aparece en 1996, y la vida nada tiene que ver con el principio de siglo, con el año en que nació. Ha viajado hacia el futuro. ¿Qué más da si llega al año cuatro mil en un minuto o a 1996 en ochenta años? De todos modos ha viajado en el tiempo y la sorpresa es la misma. Lo único que cambia las cosas es la muerte. Eso es lo que ustedes no pueden aceptar.

—Un viaje al futuro es un viaje al futuro —insistí, tratando de afirmarme a alguna de mis certezas.

—Ustedes ya han arribado a la criogénesis —dijo Pels—. Pueden congelar embriones humanos. Pueden interrumpir la vida y recomenzarla cuando quieren. Falta poco para que puedan congelar a un hombre vivo y descongelarlo cuando deseen, en el mismo estado físico. Para un hombre congelado, un minuto o dos mil años, es lo mismo. Lo que hacen ustedes en las películas donde "viajan al futuro", no es inventar una lógica nueva, sino reconstruir vuestra lógica cotidiana que se ve interrumpida por la muerte. Lo verdaderamente lógico, para ustedes, sería que la vida no se interrumpiera nunca.

—¿Cómo sabes que tenemos películas sobre viajes al futuro?

—Tengo cable —dijo Pels. Y dejó que se formara en su cara una de esas sonrisas que daban miedo y furia a la vez.

El abogado del marciano

–¿Y viajar al pasado, pueden? –pregunté incisivo.

No me contestó, porque en ese instante una nueva ráfaga de agua entró por el techo del túnel, de cuya existencia yo había pensado que solamente Pels tenía conocimiento, y, junto con el agua, cayó el desagradable cuerpo del reportero gráfico Ezequiel Sarlaro. Noté con asco que tenía dos o tres peces pequeños enredados en su barba.

Nuevamente comenzó a sacarnos fotos a repetición mientras decía:

–Sabía que debía haber una salida. Casi me ahogo. Pero la encontré. ¡Una tapa en el río! ¡Qué bárbaro! ¿La fabricó usted?

–Mire –le dije tratando de mantener la calma, hablándole como si no estuviera junto a un marciano en un túnel bajo el Río de la Plata, y él fuera una persona razonable–. No queremos que nos saque fotos.

–Ustedes son material público –dijo Sarlaro sin dejar de disparar su máquina.

–No –dije–. No somos material público. Somos dos personas... Bueno, una persona y un marciano.

–No hables tanto –dijo Pels–. Los humanos siempre hablan. Mi padre siempre me decía. ¡Dejame que me quede con el alma inmortal de este buen fotógrafo!

– No –le dije a Pels–. No te puedo permitir que te quedes con su alma inmortal. No lo podés matar.

–¿Por qué? –preguntó Pels, sinceramente sorprendido.

–Porque está mal.

81

En su rostro se dibujó una mueca de sorpresa y satisfacción.

—Si me dan algunas declaraciones —dijo Sarlaro—. En vez de llevar las fotos al diario, les hago un libro a favor. Nos dividimos las regalías. Saco un libro personal, mío, con fotos y declaraciones de ustedes. ¿Qué me dicen?

La tapa del techo se abrió una tercera vez, y esta vez el cuerpo en sopa de río fue el de Jeremía Raffo, portando su cámara de retratar almas y su transmisor negro que, por lo visto, eran resistentes al agua.

—¡Lo tengo todo grabado! —le gritó Jeremía al fotógrafo, ni bien se desparramó por el suelo—. Iré a ver con este material al director de su diario. A ver qué opina de que quiera hacer su propio libro y no llevar las fotos al diario...

Interrumpiendo su propio discurso, se tiró al suelo y fotografió a Sarlaro con el retratador de almas. Se incorporó y siguió hablando.

—¿Es posible —preguntó Jeremía con una sagacidad que jamás le hubiera imaginado— que el director del diario no sólo le confisque las fotos sino que además lo eche, y usted se quede sin libro y sin empleo?

El fotógrafo no se detuvo a preguntarle a Jeremía cómo había logrado grabar sus declaraciones si acababa de caer del río, simplemente asumió una posición de ataque, como si fuera a saltar sobre Jeremía para intentar arrebatarle el aparato.

—No lo intente —le dije—. El marciano lo quiso matar y yo se lo impedí porque usted sólo nos estaba foto-

El abogado del marciano

grafiando. Pero si usted desea hacernos daño, nada me impedirá permitir que Pels aplique sobre usted su moral y su fuerza interplanetaria.

Ojalá hubiese estado mi abuelo para escucharme. Hablé como un excelente abogado.

Sarlaro cedió.

—No me denuncien al jefe del periódico. No le lleven la grabación...

—Y las fotos —apuntó Jeremía alzando su retratador de almas.

—¿Cómo llegó tan rápido la policía? —le pregunté al fotógrafo.

—Nuestro fax está conectado con el de ellos. Reciben nuestras mismas fotos con un par de minutos de diferencia.

—¿Y usted, cómo supo que yo venía para acá? —pregunté.

—Estaba montando guardia junto al hotel. Toda la noche. Sabía que en algún momento el fugitivo tomaría contacto con usted. Lo intuía.

—¿Y ahora cómo se va de acá? —le pregunté a Pels.

—Al final del túnel, otra salida en el techo da a un baldío —y señaló hacia la derecha de la oscuridad.

El fotógrafo nos miró, tomó fuerte la cámara entre sus dos manos y salió corriendo. Escuchamos algunos chapoteos, y lo perdimos por completo.

—No nos va a denunciar —dijo Jeremía—. Ni al diario ni a la policía.

Y no dejaba de mirar fascinado a Pels, que, a decir

verdad, estaba un poco molesto por la mirada persistente del científico.

Súbitamente, la retratadora de almas de Jeremía comenzó a hacer un ruido extraño que, por lo visto, era lo único que hacían correctamente sus máquinas. De una fina ranura, asomó la punta de un celofán blanco opaco, y cuando terminó de salir era un rectángulo de medio metro por treinta centímetros. Una gigantesca foto en blanco. Era la foto que le había sacado al alma del fotógrafo Sarlaro.

—Qué raro —dijo Jeremía—. Nunca me había pasado algo así con un humano.

Y dirigiéndose nuevamente hacia Pels, apuntándolo con la cámara, le preguntó:

—¿Me permite?

—No —dijo Pels—. A mí no.

Jeremía bajó la cámara sin decepción, y permaneció mirándolo, retratándolo para siempre en su memoria; la más fantástica retratadora de almas que poseemos los seres humanos.

—¿Cómo supo usted dónde estábamos? —le pregunté a Jeremía.

—En los últimos días, cada vez más, escucho y siento los pensamientos de Pels. Ahora, incluso, puedo escuchar lo que le dicen...

Miré a Pels como para confirmar la veracidad de esas afirmaciones.

Pels asintió:

—La telepatía es un arma de doble filo. Quien la posee, la padece. Se empieza por averiguar los pensamientos del otro, luego se le envían mensajes, y finalmente, tu propio pensamiento queda expuesto.

–¿Estamos seguros aquí? –pregunté.

–La policía no puede tener idea de dónde estamos –dijo Pels–. Nos vieron desaparecer en el río. Creerán que nos hemos ahogado. En un rato podremos salir caminando.

–Quiero saber más –dije–. Qué saben ustedes de nosotros.

–Todo –dijo Pels.

–¿Todo? –pregunté extrañado.

–Todo.

–¿Qué es todo? –insistí.

–Cómo apareció el primer hombre sobre la Tierra –dijo Pels–. Cuál es el sentido de la vida humana. Qué ocurre cuando mueren. Cómo podrían llegar a concebir el tiempo, el universo y el infinito. Cómo podrían explicarse la nada. Lo sé.

Lo miré extasiado. Lo miré como lo miraba Jeremía. Como si estuviera frente al genio que nos concede no tres sino todos los deseos, y uno teme no saber jamás por cuál empezar. Incluso me relamí, pensando si le iba a preguntar primero cómo apareció el hombre sobre la Tierra, qué ocurría cuando uno moría o cuál era el sentido de la vida.

–Mi primera pregunta es: ¿cómo apareció el hombre en la Tierra? –dije.

–Muy bien –dijo Pels–. Puedo responderla. Pero antes... ¿estás seguro de que quieres la respuesta?

–Sí –insistí.

—Luego de que te la conteste, no podrás impedir preguntarme por la muerte y el sentido de la vida. ¿Estás convencido de que quieres todas las respuestas?

Medité unos cuantos minutos, el silencio del túnel era mi pensamiento detenido. El túnel se transformó, una vez más, en el tren fantasma. Con un hilo de voz, dije:

—Sí.

—Muy bien —dijo Pels—. La aparición del hombre...

—Muchacho —interrumpió Jeremía, hablando por primera vez como un ser normal.

Casi como un padre. Aclaro, como un padre normal.

—Muchacho —repitió—. Te quedarás muy sólo si te enteras de esos secretos. Yo estoy viejo, y no soporto mi sed de esos conocimientos... Pero tú... ¿qué harás en una tierra sin secretos? ¿Puedes imaginar lo aburrida y previsible que se tornará tu vida? Si te fotografiara con mi cámara luego de que el marciano te cuente esos secretos, seguro tu alma saldría gris. Soy un viejo tonto pero conozco una sola verdad: el mayor tesoro de un hombre es poseer un par de preguntas que nadie le pueda responder.

Pels estaba decidido a hablar si yo no se lo impedía.

—Ya habrá ocasión —detuve a Pels—. Cuando yo viaje para allá...

Iniciamos la salida del túnel.

Caminábamos hacia un fondo oscuro, chapoteando en un barro acuoso.

El abogado del marciano

–¡Cómo duerme usted! –le dije a Raffo.

–¿Por qué me lo dice? –preguntó el científico.

–¡La pucha! Pateé el puesto ese de lata, grité, golpeé. Y usted no se despertaba.

–¿A qué hora fue eso?

–Cuando llegué acá –dije. Pels nos indicó con la mano que habláramos más bajo–. A eso de las siete de la mañana... usted ni se mosqueó.

–No estaba durmiendo –dijo Raffo–. Estaba conectado con el espacio exterior. Todas las madrugadas, de cuatro a siete de la mañana, me coloco los auriculares conectados a la antena satelital, tratando de captar mensajes extraterrestres. La antena y los auriculares son muy poderosos: nunca escuché nada.

–De modo que por estar intentando cazar algo del espacio exterior, no se entera de cuando lo llaman para que venga a ver a un marciano que anda dando vueltas por la Tierra.

–Eso parece –aceptó Raffo–. Nunca es bueno estar demasiado atento. La mayoría de los grandes descubrimientos se producen gracias a las distracciones.

–Aquí debemos doblar –dijo Pels.

–Ahora vengan, ayúdenme –agregó.

Tuvimos que ponernos a los costados de Pels y ofrecerle las manos para que trepara y abriera la tapa del techo. Estaba en ese trámite cuando descubrí, en el suelo, una cámara fotográfica.

–Esperá –dije.

La recogí y noté que era la de Sarlaro. Un aparato más o menos nuevo, fotos instantáneas de máxima precisión. Iba atada a una fuerte y larga correa de cuero.

—Se la dejó acá, el tarado —dije—. ¿Pero cómo hizo para salir, si no tenía quien lo ayude a llegar al techo del túnel?

Ni Raffo ni Pels pudieron contestarme.

De pronto escuchamos un aullido estremecedor. Lo que vi, o lo que mis ojos terráqueos me permitieron ver, fue una mosca gigante de cuatro patas, que corría como un elefante. Se la veía venir desde el fondo del túnel, una criatura perversa y amorfa, mal hecha. Jadeaba y soltaba un ruido similar al de una cañería tapada, al del agua que intenta abrirse paso entre una masa de basura. La bestia, que estaba a dos metros de nosotros, se iluminó con un destello verde de sus propios ojos, y entonces resultó semejante a todos los animales que en circunstancias especiales me habían producido asco y pavor: una paloma enferma con el cuello hinchado, una rata saliendo del boquete de una pared, un pájaro muerto, un mono rabioso. Fuera lo que fuera este ser, no cabía duda de que venía por nosotros. De alguna manera supe que ni Raffo ni Pels estaban asustados. Yo estaba más que asustado. Sudaba y temblaba, tenía más miedo del que podía expresar.

Las fauces de la criatura se abrieron frente a nosotros, dejando ver unas encías desdentadas de color violeta, y Pels pegó un grito. No sé en qué idioma. No se lo pregunté. Posiblemente alguna de las lenguas de Marte. La criatura se detuvo, nos observó con detenimiento, y se retiró pesadamente.

El abogado del marciano

Cuando se perdió en uno de los recovecos del túnel, y dejamos de verla, descubrí que había permanecido un buen rato sin respirar.

Traté de hablar y no pude.

Iba a preguntar: —¿Qué fue eso?

Pero lo que me salió, atropelladamente, con voz de niño, fue:

—Quiero irme de acá, quiero irme de acá —y me avergoncé del precipicio de llanto hacia el que se inclinaba mi voz.

Pels tornó a la tarea de apoyarse en nosotros (un soporte desparejo, inclinado hacia el metro cincuenta de Raffo), y debió pisar fuertemente la calva del profesor para alcanzar la tapa. Nunca me alegró tanto la luz del sol como aquel día. Fue un rayo fino y delicioso que entró por la salida superior del túnel. Pels alcanzó el exterior y el profesor Raffo y yo permanecimos abajo, a la espera de que nos extendiera el brazo para ayudarnos a salir.

Temí que, como el tío de Aladino, Pels nos abandonara en las tinieblas. Siempre me ha impresionado especialmente esa escena de Aladino: el tío le pide a Aladino que baje a una cueva subterránea y le alcance un anillo mágico. Aladino sólo puede salir de la cueva con la ayuda de la mano del tío. El tío toma el anillo que le da Aladino y no lo ayuda a salir. Ese recuerdo me horrorizó durante muchas noches de mi infancia, como si para salir de la noche hiciera falta una mano y nadie estuviera dispuesto a dármela.

Pero sí vi aparecer la mano de Pels, que en la oscuridad ganaba un tono verdoso, y también vi al profesor Raffo ofrecerme salir primero.

—No —dije—. Pase usted, profesor, yo lo ayudo.

Raffo se tomó fuertemente de la mano de Pels, apoyó un pie en mis manos, y salió también. Ahora ya no tenía miedo. Escuché nuevamente el aullido, y pasos cuadrúpedos que se acercaban. Las manos de Pels y de Raffo me parecieron de piolines flojísimos. De todos modos las tomé.

Sentí el tirón y al profesor Raffo gritar:

—¡Arriba!

Un destello me arrebató los ojos, y bajo los pies sentí una respiración ansiosa: estaba otra vez en la superficie de mi planeta.

A Pels no le molestaba en absoluto, pero Raffo y yo tardamos un buen rato en aclimatarnos a la luz. Estábamos en un baldío. Un terreno que, con basura, le habían arrebatado al río. Por más que a mi alrededor no había más que nailon, latas y olores hediondos, me bastaba con saber que estaba al aire libre para sentirme en casa.

—¿Qué fue eso? —pude por fin preguntar.

—¿Eso? —me preguntó Pels a su vez—. Ah, la criatura. Un **Nobuk**. Una criatura subfluvial. Son criaturas bastante recientes. Se desarrollan en los túneles bajo los ríos. Ah, los terráqueos, no conocen ni su propia fauna. Mi padre siempre me decía.

—Pels, querido —dije molesto—. ¿Qué clase de bicho es ese, qué iba a hacernos, qué pasó?

—Estoy casi convencido de que nos iba a devorar —dijo Pels.

—¿Y cómo lo impediste? —grité, mientras Raffo, impasible, se limpiaba los anteojos contra las solapas de su propio delantal.

—Simplemente le ordené que no nos comiera. Le dije que no queríamos ser comidos. Cosa, que, por lo visto, no ha sabido hacer el... ¿fotógrafo?

No quise preguntar acerca de cuál podía haber sido el destino del pobre Sarlaro, cuya cámara habíamos encontrado. Pero Pels notó la pregunta en mi cara.

—A veces uno no tiene idea de lo útil que es saber idiomas. Y, esencialmente, la mayoría de los males del universo podrían evitarse si simplemente uno pudiera expresar, en voz clara y firme, en un idioma entendible, la frase: "No, no me hagas eso". No ha sido el caso, repito, del fotógrafo terráqueo.

Ya sin pudor a revelar mi ignorancia, me lancé:

—¿Pero esas criaturas crecen acá por culpa de los túneles que ustedes mismos cavaron bajo el río? ¿Qué... qué... cuántos animales más... de qué épocas... qué otras criaturas desconocidas habitan la Tierra?

Raffo me miró, y negó con la cabeza.

Pels me miró con una sonrisa.

No pregunté más. Pero mientras nos alejábamos del baldío, pensaba en animales monstruosos que habitaban por entre el yeso de las paredes, del otro lado de las estufas, más allá del cielo, o entre las nubes, y que nos observaban y nos aguardaban.

—El señor Pels y yo nos debemos una charla —dijo Raffo—. ¿Cómo queda su situación legal, joven Pestarini?

—Correcta –dije–. No pueden acusarme de nada. Y tampoco la posición legal de Pels se ha modificado. La fuga no prueba culpabilidad. Ni siquiera agranda la pena en caso de que se lo considere culpable. Fugarse es un derecho.

—Qué interesante –dijo Pels.

—De todos modos –dije capciosamente–, entiendo que Pels se va a entregar a la justicia, como debe ser.

—Primero debo mantener mi charla con el profesor –dijo Pels con falsa seriedad–. Luego me comunicaré con mi abogado.

Y agregó señalándome:

—El joven Pestarini.

Les sonreí a los dos, y viendo que no estaba en mis manos hacer más nada, los acompañé hasta la casilla del profesor Raffo (el puesto de choripán), y los vi ingresar. Aunque apenas conocía a Raffo, puedo asegurar que aquel fue el día más feliz de su vida. Ingresaba a su laboratorio en compañía de un marciano. Y Raffo sí se animaría a formular todas las preguntas.

En ese instante, al traspasar la puerta de su bizarro laboratorio en compañía de Pels, Raffo fue un metro cincuenta de pura felicidad.

Proseguí mi camino por la ribera del río. Eran cerca de las tres de la tarde. Ya no había por allí policías, ni ningún otro agente del orden, nuestro o extraplanetario. Sólo gente pescando, tomando soda y comiendo choripán. Los embutidos humeaban desde las parrillas y los hombres enrojecían por el sol. Muy pocas mujeres, pero las pocas, muy bellas. Por primera vez en mucho tiempo sentí algo de cariño por nuestro mundo. Caminé sin cesar, y caminando llegué al hotel cuando anochecía. Son varios kilómetros.

Entré al hotel, saludé al conserje con un gesto e incliné la cabeza ante el vaso de *whisky*. Parado junto a la puerta de mi habitación, sostenido en su bastón, me esperaba mi abuelo.

—Tu madre quiere que regreses —dijo, mientras yo me tiraba en la cama y no lo invitaba siquiera a sentarse.

Continuaba de pie junto a su bastón.

—Sentate —le ofrecí la silla junto al escritorio.

—No me hace falta —dijo.

—No te hace falta —repetí, comenzando a adormecerme. Estaba muy pero muy cansado.

—Tu madre quiere que regreses —repitió.

Si él repetía sus propias frases, y yo a mi vez las repetía, aquello iba a parecer un discurso cuadrafónico de mi abuelo.

—La voy a pasar a visitar —dije cerrando los ojos—. Anduve muy ocupado.

—Quiere que regreses a vivir con nosotros —agregó mi abuelo—. Ya no estás más ocupado: tu marciano se fugó.

—El marciano no es mío —dije—. Como yo no soy tuyo. Nadie es de nadie. Además, mis ocupaciones no terminaron. En este desdichado universo, más de una criatura precisa defensa legal. Abuelo, bajo la tierra viven los horribles *Nobuk*, y uno de ellos se despachó hoy a un fotógrafo: ¡seguramente me pedirá que lo defienda ante la ley!

Sé que mi abuelo me reprobó seriamente y se refirió al alcohol.

Pero no podría repetir sus palabras, porque me iba durmiendo a medida que hablaba. Estaba ebrio de sueño. De otro modo no le habría hablado así a mi abuelo. Lo cierto es que me dormí. Y cuando desperté, a las doce del mediodía del día siguiente, mi abuelo ya no estaba.

Cuando abrí los ojos vi sobre el escritorio la cámara fotográfica del desdichado Sarlaro. Sacudí la cabeza para aguantar la sensación que me atacó al recordar al *Nobuk*. Y me llevé las manos a la cara, como si así pudiera tapar mi imaginación, cuando mi cerebro se dedicó por su cuenta a recrear la escena del *Nobuk* comiendo al fotógrafo. ¿Cómo devorarían esas encías desdentadas? Había llevado la cámara al hombro, casi sin notarla, en toda mi travesía de regreso al hotel. Pobre Ezequiel Sarlaro. Seguramente habría querido fotografiar a la bestia. En vez de pedir que no lo coma, le habría pedido que sonría. No, eso era un mal chiste de humor negro. Pero no me cabe duda de que Sarlaro habrá pensado en las fotos en sus últimos minutos. ¿Para qué vive una persona? Recordé, también, la sangre fría del profesor Raffo cuando el *Nobuk* se nos acercó, y durante toda nuestra aventura. Ni siquiera era sangre fría. Simplemente, esos peligros no tenían que ver con él. Hay gente así. Raffo había dedicado su vida entera al fenómeno marciano, y no quería que ninguna otra cosa lo molestara, ni siquiera su propia muerte. Al menos, eso es mejor que las personas que están ansiosas por morir.

Hace un par de años, en una clase, en un debate con el profesor Broder, un alumno dijo que quería morir por no me acuerdo qué causa política. Que quería morir por la causa.

—No se preocupe por morir —le dijo Broder—. Eso lo conseguirá seguro, tarde o temprano. Ahora hablemos de lo más difícil: ¿cómo hacemos para vivir?

Ésa era una buena pregunta para hacerme a mí mismo. ¿De qué viviría de ahí en más? Miré mi pantalón de pana doblado sobre la silla en la que no había querido sentarse mi abuelo. Allí deberían quedar ahora un par de centenares de dólares. No era lo que se dice los ahorros de toda una vida; y sin embargo eran los ahorros, el presente y el futuro de toda mi vida. Vida. Vida. Pels había matado a una persona. Tal vez nunca lo pudieran juzgar. Pero yo debía saber si era inocente o culpable, y por qué lo había hecho.

Cuando me calcé los pantalones descubrí que mi abuelo, antes de irse, había dejado una pequeña contribución. Otros mil dólares. Me alegré de que no estuviera ahí para que pudiera rechazarle los billetes.

Casi todos los seres que nos dejan dinero mientras estamos durmiendo suelen ser agradables: los reyes magos, el ratoncito de los dientes y, por qué no, pese a todo, mi abuelo.

Me tiré en la cama sin remera, mirando entrar el día, o lo que quedaba de él, por la ventana.

Terminé de vestirme al tiempo que tomaba una decisión: buscaría a Pels, averiguaría qué había ocurrido aquel día con Atilio Puriccelli en el río y me desentendería del caso. Existían dos grandes dificultades: una, cómo encontrar a Pels. La otra: ¿y si ya había emprendido el regreso a Marte? Tal vez me mandara un fax desde Marte aclarándome todo. Pero yo no tenía fax.

Escuché dos golpecitos en la puerta de la habitación, dije "adelante" sin preguntar, y entró Maite.

—Por fin se despertó —dijo Maite.

—Y me voy —dije.

—El padre no duerme nunca y el hijo duerme todo el día —dijo Maite antes de que abriera la puerta.

Retiré la mano del picaporte. La miré.

—¿Cómo sabe que mi padre no duerme nunca? —le pregunté.

—Ayer lo vino a buscar a las dos de la mañana. Yo estaba de guardia. Le dije que usted dormía y le prohibí molestarlo.

—Ayer vino mi abuelo, mi padre... ¡la familia en pleno! ¿Y qué hizo él cuando usted le dijo que no podía subir?

—Me invitó a tomar un café.

Quedé tieso. Preguntándole con la mirada.

—Dije que no, por supuesto. Tenía que trabajar. Me invitó para hoy a la noche. Pero también le dije que no.

El abogado del marciano

Respiré y bajé el picaporte.

–Hasta pronto, señorita Maite –dije–. Gracias por todo.

Ella ya estaba limpiando.

Al pasar por el vestíbulo, levanté el vaso de **whisky** y, ante la mirada esperanzada del conserje, traspuse con él la entrada del hotel.

Mi padre a veces vive en San Telmo. Es un barrio pintoresco de Buenos Aires, habitado de casas viejas, coloniales, y bares que venden cerveza y maní. Otras veces no sé dónde vive. Pero las pocas que lo visité, fue en una casona de la calle Brasil del barrio de San Telmo. Vivía en un confortable departamento, al fondo de un taller de títeres.

Me dirigí hacia allá con el vaso de **whisky** en la mano, sin saber si lo iba a encontrar.

La gente me miraba. Llevar un vaso de **whisky** de paseo puede ser considerado una costumbre extraña. Un vaso de **whisky** no se puede definir como una mascota ni yo parecía un camarero.

Una señora dijo:

–Pobre, tan joven...

Entonces me metí en el primer taxi que pasó y le di la dirección.

El taxista arrancó y miró por el espejo retrovisor. Con calma, con cierto respeto, preguntó:

–¿Viene de una fiesta?

–De un velorio –contesté.

–Ah, lo siento mucho –dijo.

--No se preocupe, en casa todos lo odiábamos.

97

—Va a ver como con el tiempo van a empezar a quererlo —me dijo—. Los muertos se hacen querer.

Preferí dar por terminada la conversación.

—Puede beber, si quiere —me dijo—. A mí no me molesta.

Siguió mirándome por el espejo retrovisor.

—Discúlpeme... —habló nuevamente —¿Usted no es...?

Dudó unos segundos.

—No... no... —siguió—. ¿O sí? ¿Usted no es el que salió en la tele, el abogado del marciano?

—Se equivoca —le dije—. Soy el marciano.

El hombre dio un respingo. Lo escuché tragar saliva.

—Cuando se lo cuente a mi mujer no me va a poder creer... —dijo.

—¿Usted está fugitivo, no? —preguntó algo asustado.

—Más o menos —dije.

Retomó coraje:

—¿Y cómo es la cosa, allá en Marte? —preguntó.

—¿En qué sentido? —pregunté.

—Y... por ejemplo... ¿cómo manejan? ¿Los colectiveros son tan bestias como acá?

—En Marte no hay colectivos —dije—. Somos muy pocos. Sí tenemos taxis, es el oficio que les damos a los mudos.

—¿Y las marcianas? —preguntó el taxista —¿Qué tal están?

—Las marcianas no existen —dije categórico.

El taxista se puso más rojo que la luz del semáforo. Me miró una sola vez más por el espejo retrovisor, y

El abogado del marciano

permaneció callado durante lo poco de viaje que nos quedaba. Sin embargo, cuando llegamos, no quiso cobrarme, y me preguntó:

–¿Me firmaría un autógrafo? Es para mi mujer, ¿sabe?

Sacó una guía de calles, la abrió, y ofreciéndome la solapa blanca y una birome, dijo:

–Acá por favor.

Firmé: El marciano.

Cerré la puerta y me dirigí a la casa de mi padre.

Toqué el timbre y esperé. Era una de esas casas gigantescas y largas en donde tocar el timbre equivale a mandar una carta, y para pasar de un ambiente a otro hay que mostrar el pasaporte.

Mi padre se tomaba su tiempo para abrir.

Cuando por fin apareció, llevaba el teléfono celular en la mano.

Yo llevaba el vaso de *whisky*.

Al verme, tuvo un gesto de reconocimiento para conmigo, y le dijo a la persona con la que estaba hablando:

–Te tengo que dejar. Hablamos después.

–Pasá –me dijo, poniéndome una mano en el hombro.

Atravesamos el taller de títeres. Llegamos a su departamento.

–Sentate –dijo con una sonrisa.

Dejé el vaso de *whisky* sobre una mesa ratona de vidrio y me senté.

–¿Y ese vaso? –me preguntó.

—Es el que dejaste en el hotel–.

—Ya está aguachento. El **whisky**, si no lo tomás, pierde el alcohol.

—No lo pienso tomar. Y tal vez quede aquí hasta que se evapore el agua.

Ambos nos quedamos callados.

—Papá –dije–. ¿Por qué invitás a salir a la chica del hotel en donde vivo? ¿No hay otras chicas en el mundo?

Mi padre clavó la mirada en el vaso de **whisky**.

Cuando habló, lo hizo con una voz dolida:

—Cometí una estupidez. Fui a buscarte para charlar, no más. Y me sentí muy solo.

—¿Me *fuiste* a buscar para charlar a las dos de la mañana?

—Tengo que decirte algo –me dijo.

—Te escucho –dije con miedo.

—Te admiro –me dijo.

Lo miré. No sabía si emocionarme o espantarme. De todos modos me emocioné.

—No entiendo cómo pudiste enfrentarte a tu abuelo y al mismo tiempo hacer algo serio. Yo para irme de esa casa, del clan Pestarini, me convertí en una especie de payaso negociante... cómo se llama ahora... un *yuppie*... y para colmo bohemio. Vos te fuiste como abogado, con un caso propio.

—Tampoco es muy serio –le dije–. Abogado de marcianos.

—¿Por qué no es serio? –dijo convencido–. Claro que es serio. Muy serio. No permitas que tu abuelo te haga creer que la seriedad es todo lo que él toca con su mano. No es un hombre malo, pero es muy convincente. Yo me lo creí. Necesito que mi hijo no crea lo mismo que yo.

Me mordí el labio. Allí estaba mi padre.

–Papá –dije–. Vamos a hacer lo siguiente. Simplemente pensemos, cada uno, que nos queremos mucho. Yo voy a dejar el vaso de **whisky** acá, me voy a ir muy despacio. Te prometo que voy a caminar despacio todo el día. Vos también quedate tranquilo... Hablamos.

Y dejando el vaso de **whisky** sobre la mesa, mirándolo de reojo para que no me siguiera, casi en puntas de pie, me fui.

Viajaba hacia la Costanera. A preguntarle a Jeremía Raffo si sabía dónde estaba Pels. Si sabía si andaba por la ciudad, bajo ella, o si ya había regresado a Marte.

Por esos días, cada vez que viajaba en colectivo, algo extraño me ocurría. En esa ocasión, lloré durante todo el viaje.

Llegando a la Costanera, en un kiosko de diarios, descubrí el titular del diario **La Mañana** con la foto de Pels junto a mí, lograda por el desdichado Sarlaro, en la portada. Me imaginaba la consternación de los míos (¡verme al lado de un fugitivo de la justicia!), y no podía dejar de pensar en cuáles serían los próximos pasos de la policía.

¿Por qué al menos no buscaban nuestros cuerpos en el río? Pels los había burlado una vez al huir de la cárcel, y se había esfumado una vez más, mágicamente, en la ribera del río. Si la policía no lo buscaba, pensé, no era porque lo hubieran olvidado, sino que estaban estudiando cómo evitar que se les escurriera nuevamente. El que ni siquiera me hubieran llamado al hotel también me sorprendía.

Dejé de pensar cuando llegué a la casilla de Jeremía Raffo, a las cinco de la tarde. Esperaba que el científico no estuviera en ese momento con los auriculares puestos. Golpeé la puerta. Raffo me abrió inmediatamente. Estaba pálido y exultante. Dentro de la casilla estaba también Pels. Por primera vez, me pareció cansado.

—Ya pregunté todo —dijo Raffo.

Los miré a ambos.

—Perdón... —dije—. ¿Ustedes estuvieron aquí encerrados desde ayer a la tarde?

—Hablando sin parar —dijo Pels.

—Lo sé todo —dijo Jeremía Raffo con los ojos más que abiertos—. Lo sé todo.

Acto seguido, nos echó una mirada extasiada, miró el techo de su propia casilla y cayó al suelo cuán corto era. Hizo, sin embargo, mucho ruido.

Me apuré a socorrerlo, y alzando los ojos hacia Pels pregunté:

—¿Está muerto?

—Todo lo contrario —dije Pels—. Es una de las pocas personas que pueden convivir con la verdad.

—Sabés una cosa —le dije a Pels—. Tus juicios sobre los seres humanos están empezando a molestarme. ¿Si sos tan juicioso y sabes tanto sobre nosotros, por qué no sabías cuántos minutos bajo el agua son mortales para un hombre?

Mis palabras eran una clara muestra de chauvinismo planetario. Empezando por mí, no me caía nada bien mi especie, la especie humana; pero me molestaba que me lo dijera un marciano.

Pels me miró nuevamente con su mueca de agudo cinismo:

—Vamos a suponer —dijo Pels— que yo poseo el alma de ese hombre, de Atilio Puriccelli.

Un sacudón me recorrió el cuerpo.

—Supongamos, nada más —siguió Pels—. Que yo poseo el alma de Puriccelli. Que poseo su vida. La luz que lo iluminaba por dentro, la esencia mágica que hacía de su cuerpo un ser humano. Supongamos que ese alma aún vive y yo la puedo volver a insuflar dentro del cuerpo de Puriccelli.

—¿Meter nuevamente su alma en su cuerpo sería un modo de reparar la falta que cometí al ahogarlo? —preguntó. Y creí sentir un dejo de esperanza en su voz.

—No entiendo.

—Ahora no supongas nada —dijo Pels—. Te voy a decir la verdad: yo puedo devolverle la vida a Puriccelli. Puedo levantarlo de su tumba, regresarle su alma y su vida. Esto no es una suposición. Es cierto. ¿Con eso anularía mi falta? ¿Quieren que haga eso?

—¿Volverlo a la vida? —pregunté confundido.

—Volverlo a la vida —dijo Pels.

Dejé de mirarlo para pensar. Regresar a un muerto a la vida. Qué consecuencias traería eso. ¿Qué ocurriría con el resto de los hombres? ¿Qué hubieran contestado ustedes?

—No —dije, y agregué muy asustado:

—No queremos que lo devuelvas a la vida.

Pels me dejó ver su honda decepción, alzó los brazos y los dejó caer en un gesto de desazón. Llevó esos mismos brazos hacia mis hombros, y apoyándolos, me dijo:

—Yo maté a Atilio Puriccelli.

—En Marte —comenzó a decirme Pels, mientras yo trataba de acomodarme en el suelo, donde había caído sentado —no existen el Bien y el Mal. No creo que existan ni siquiera en algún otro planeta del universo. Es una característica propia de vuestro planeta. Como el agua. O como el dulce de leche. El Bien y el Mal son flores exclusivas del alma humana. Los marcianos no poseemos el... cómo llamarlo... ¿el don? de diferenciar lo que está bien de lo que está mal. Si decidimos matar o no, no es porque esté bien o mal, sino por otras razones. Hemos "matado" criaturas en muchos planetas del universo, pero nunca, en toda la historia de Marte, un marciano ha alzado su mano contra otro.

—No conocen ni el Bien ni el Mal —dije furioso—. Pero tienen razones. ¿Por qué razón mataste a Atilio Puriccelli?

—Por amor —dijo Pels.

—¿Por amor? ¿El amor sí lo conocen?

—Yo al menos sí —dijo Pels.

Y se metió una mano en el pecho. Literalmente: se metió una mano en el pecho. Vi su mano desaparecer dentro de su piel y escarbar en el lugar donde un humano debería tener el corazón, los pulmones o alguno de esos órganos más bien fundamentales entre los que no se puede escarbar así como así.

Tal vez lo que sucedió a continuación me extrañó más que esa auto-operación: en su mano, al salir de su propio pecho, apareció la joya más bella que haya visto o pueda volver a ver en mi vida.

Jamás me han gustado las joyas. Ni siquiera me impactan. Un diamante, un rubí... salvo por su valor económico, me dejan completamente frío.

No sé apreciar la belleza que esconden las piedras preciosas. Sin embargo, frente a este brillo que Pels ostentaba en su mano, que no era una piedra sino una especie de nube de oro (una nube lloviendo debería decir), tuve la inmediata sensación de estar, no ante algo bello, sino frente a la misma sucursal de la Belleza.

—El alma humana —dijo Pels mirando la nubecilla de oro que latía en su mano—. La joya más preciada del universo.

Traté de sustraerme a la fascinación para poder hablar.

–Raffo me mostró fotos del alma humana. No es eso.

–Raffo te mostró el alma humana dentro de un cuerpo –dijo Pels–. Aquí está en estado puro.

–Las prefiero adentro del cuerpo –dije sabiendo que quizás esa belleza que tanto me fascinaba, no fuera más que el resplandor de la muerte.

–Amo a una marciana poderosa y esquiva –dijo Pels, fríamente, como si se dirigiera a un auditorio anónimo y no a mí–. Su cuerpo ha logrado que marcianos diversos, que no se matan pero sí se odian, huyan del planeta para no realizar disparates por su culpa. Hay marcianos exiliados en Venus, por su belleza. Ella camina y yo, como tantos, inclino la cabeza. Es su cuerpo, es su perfume, es su presencia. Quiero conquistarla. Le llevaré, para que me ame, la joya más preciada del universo: el alma humana. Se la pondré de anillo para que me diga que sí.

Traté de olvidar por un instante la furia y las consideraciones morales, sabía que al marciano no lo mosquearían, intenté entramparlo en su propia lógica:

–¿Y te dirá que sí?

–Eso creo –dijo Pels.

Me agarré la cabeza. Quería matar a ese sucio marciano.

–¿Qué te ocurre? –preguntó Pels.

–Estoy pensando que te defendí. Que me puse a tu servicio. ¡Y que mataste a una persona para regalarle un anillo a una marciana!

—Oh —dijo Pels—. No sabes lo que es el amor.

—Sé lo que es —dije—. Pero también sé lo que está bien y lo que está mal. Sé muy poco acerca de lo que está mal. Pero algo sé. Matar a una persona para conquistar a una mujer está mal.

—¿No tienen ustedes, los terráqueos, un refrán que dice: "¿en el amor y en la guerra todo vale?" Mi padre siempre me decía.

—Ese dicho lo inventaron los inmorales, para los cuales siempre vale todo; y se escudan en el amor o en la guerra. ¡Cómo pude defenderte!

—Oh, vamos. Te tocó un juicio en una frontera espacial. Considéralo como una novela. Un lugar donde no existe la moral. Un terráqueo nunca debe confiar en un marciano ni en una novela. En las novelas, en las ficciones, puede pasar cualquier cosa. Cuando un escritor inventa, no quiere que sus personajes sean buenos sino apasionantes, interesantes. Considérate como el personaje de una novela, y no te juzgues.

—No puedo —dije—. Yo soy terráqueo. Y para mí no hay ningún valor por sobre el misterio.

—¿El misterio? —preguntó Pels.

—El misterio de la vida humana —dije.

Y confirmando mi frase, en ese instante Raffo se puso de pie.

—¿Vamos? —preguntó Raffo a Pels.

—¿Adónde? —pregunté.

—A Marte —dijo pletórico Raffo.

Esperaba que Raffo no conociera la verdad acerca de la muerte de Puriccelli.

—¿Lo mataste a sangre fría? –pregunté–. ¿Sabiendo lo que hacías?

—No sabía qué era matar hasta que ustedes me juzgaron. Lo consideré el encuentro de un alma. No es la primera vez que lo hacemos.

Raffo nos miraba sin comprender. O no queriendo comprender.

—De todos modos –agregó Pels–, yo me voy.

Pensé en cómo detenerlo.

—Es inútil –me leyó el pensamiento–. Limítate a despedirme.

Salimos de la casilla alrededor de las ocho de la noche. Quedaba en las riberas muy poca gente, plácida, y las gotas últimas del sol.

Raffo caminaba pensativo, yo consternado y Pels tranquilo.

—Aquí –dijo Pels tomándose de la baranda blanca.

—¿Nos vendrán a buscar? –preguntó Raffo.

—Nos vendrán a buscar –contestó Pels.

Yo los miraba en silencio.

—¿Cómo le llaman ustedes –me dijo Pels– a cuando uno no sabe algo y después lo sabe?

No dudé.

—Aprender –dije.

—Aprender –dijo Pels. Y por segunda vez en el día se metió la mano en el pecho. Retiró aquella joya, el alma de un hombre.

La miró en su mano. Me la mostró. El resplandor nos enceguecía.

Pels abrió la mano y dejó que su palma empujara

suavemente el brillo. La nube de oro dudó unos segundos sobre la palma de Pels, y, finalmente, se elevó. Ascendió.

—Ya está —dijo Pels—. No la llevaré a Marte. Quedará aquí.

—¿En dónde? —pregunté.

Pels me respondió con una sonrisa muda. Raffo estaba llorando.

—¿Preparado, profesor? —preguntó Pels a Raffo.

—No... —dijo Raffo—. Es todo lo que deseaba en mi vida. Pero no puedo.

Pels y yo giramos hacia él, sorprendidos. Quedaban tres o cuatro pescadores cerca. ¿Serían testigos del despegue de Pels?

—Toda mi vida esperé este viaje —repitió Raffo—. Dediqué mi vida a este viaje. Pero no puedo.

—¿Por qué no va a viajar, profesor? —preguntó Pels.

—Usted mató a un hombre —dijo Raffo—. No puedo aceptar su hospitalidad.

Pels sonrió.

Inclinó un poco la cabeza:

—¿Ven mis antenas? —preguntó.

Las miramos.

Estaban verdes, húmedas, oleaginosas. Dos pequeños seudópodos que salían de su nuca como gordas lombrices muertas.

—Tóquenlas —dijo Pels.

El profesor comenzó a acercar la mano.

—A mí me da asco —dije.

El abogado del marciano

Raffo tomó una antena entre los dedos. Cerré los ojos y lo imité, con la otra antena.

—Cierren los ojos —dijo Pels.

Yo ya los tenía cerrados.

De la antena hacia mis dedos corrió una electricidad extraña.

Sentí un golpe seco e indoloro en la frente. Y de inmediato vi un terreno desértico, rojizo, con canales y montañas.

—¡Marte! —escuché gritar a Jeremía Raffo.

Como si mis ojos pudieran volar solos, más, como si mi mirada pudiera viajar, comencé a recorrer el extraño páramo que Pels me mostraba. De a poco, aparecían construcciones y seres. Las construcciones eran transparentes, muy separadas entre sí. Pasaba muy rápido y apenas podía ver a los marcianos que las habitaban. Vi un grupo de pequeños niños marcianos danzando alrededor de un fuego como el nuestro. Vi dos marcianos observando hacia mi mirada, como si fuera una cámara de televisión. Vi de cerca a un marciano, y la forma de su rostro no era similar a la de Pels ni a la de los nuestros. Vi una criatura extraña siendo abierta al medio sobre una mesa blanca. Y una criatura extraña acariciando los largos cabellos de una marciana hermosa. Y vi a la preferida de Pels. Hubiese sido también la preferida de muchos terráqueos. Su cuerpo era una escultura poderosa, y su mirada soltaba un rayo frío que tal vez un ser de nuestro planeta no hubiese podido soportar. Estaba sola y erguida. Parecía esperar algo.

—Pueden soltarme —dijo Pels.

Obedecí de inmediato.

Cuando abrí los ojos, vi que Raffo aún no había podido despegarse. De sus ojos cerrados, caían nuevamente gruesas lágrimas.

—Marte... Marte... —lo oí murmurar.

Puse una mano en su hombro y, cuando abrió los ojos, le dije:

—Vaya con él. Nadie lo va a juzgar por eso.

Me miró sorprendido:

—Hace sesenta años que soy mi propio juez —me dijo—. Mi decisión está tomada. ¿De qué sirve encontrar vida en otros planetas si no podemos respetar la del nuestro?

—Oh, ya me voy —dijo Pels.

Uno de los pescadores que quedaba a nuestra derecha, comenzó a gritar.

—¡Ey, ey! —gritó desaforado—. ¡Estoy sacando uno grande!

Por cómo se inclinaba la caña, realmente parecía un pez gigantesco. El hombre se debatía contra el peso que surgía lentamente del río. Pugnaba con el carrete.

—¡Es muy grande! —gritó.

En su alegría comenzaba a aparecer un tinte de miedo. A decir verdad, en mi asombro también. ¿Qué otra criatura extraña nos tenía reservada el río?

—¡Nunca salió algo así en este río! —gritaba el hombre, mientras se acercaba otro pescador a ayudarlo.

—¡A ver qué es, a ver qué es! —gritó el recién llegado.

Entre los dos acometieron la empresa. Uno se hizo cargo de la caña y el carrete, y el otro, con guantes, tiraba directamente del hilo. El peso no cedía. Empujaba hacia el río y hacia arriba al mismo tiempo, era una fuerza contradictoria.

—¡Va a romper el hilo! —gritó el de los guantes.

—¡Dale más hilo, dale más hilo! —agregó.

Entonces emergió.

Era un hombre con traje de buzo, agarrado del hilo de la caña. Se podía ver el anzuelo, grande, clavado en un brazo de su traje.

El pescador que había estado jalando del hilo, cayó de culo al suelo. El otro se aferró a la baranda.

En la mano del buzo apareció un reflector potentísimo, con la forma de un tubo fluorescente mediano, e iluminó a Pels. Era una luz nueva, que yo nunca había visto.

Escuchamos un ruido muy suave que provenía del cielo, y sobre Pels cayeron nuevos rayos de luz, iguales a los del reflector del buzo.

Súbitamente quedamos sumidos en un espacio de silencio, y sólo se escuchó un sonido: el de una voz en inglés que parecía dar órdenes.

Comprendí por qué la policía no daba muestras de estar buscando a Pels: habían dejado el caso en otras manos.

Instintivamente, el profesor Raffo y yo nos apartamos de las luces, hacia la derecha. Pels caminó hacia la izquierda, sin mucho equilibrio, y los rayos de luz lo siguieron. La voz en inglés tronó nuevamente.

—Ahora va a esfumarse —le dije a Raffo en un susurro.

—Precisamente no —me dijo Raffo, rompiendo el hechizo de esa voz extranjera que había ocupado todo el espacio sónico— Pels escapó de la cárcel de Caseros logrando que su cuerpo reflejara la luz solar y eléctrica de un modo distinto. Se transformó en una especie de prisma y se hizo invisible a los ojos humanos. Parece que esta gente lo sabe: lo están iluminando con una luz que no puede evadir.

Pels alzaba los brazos y se cubría la cara con las manos, intentando detener las luces; parecía un actor al que hubieran obligado a salir al escenario y no quería mostrar una seria deformidad del rostro.

Las luces estaban todas quietas sobre él, la voz repetía el mismo mandato, el buzo trepaba por las barandas y los helicópteros se acercaban a nuestras cabezas.

En ese instante, no sé si fue la última vez que vi a Pels pero sí es la última imagen suya que recuerdo, bajó levemente los brazos, descorrió las manos de la cara, dio a entender que la luz no le molestaba en absoluto, me miró fijo y sonrió.

Una cuerda con gancho cayó del helicóptero, y un hombre inició el descenso.

Sin ningún ruido previo, sin altisonancias, una nave apareció en el cielo negro. Era el plato volador clásico. La nave redonda, con luces en toda su circunferencia. Gigantesca.

De la nave no salieron ruidos, voces ni amenazas. Sí, en cambio, el disparo de un bólido luminoso. La bala de fuego impactó contra el helicóptero del que aún no había descendido nadie, y lo vimos reventar en el aire. Iluminó la noche hasta casi convertirla en día, sus pedazos encendidos se desperdigaron por el aire; finalmente cayeron sobre el río, se hundieron y no quedó ni la idea de que alguna vez había existido ese helicóptero.

El otro helicóptero, observado por nosotros y por el buzo, que aún permanecía agarrado a la baranda, (los pescadores habían salido corriendo al primer disparo de la nave) intentaba eludir la línea de tiro de la nave pero sin perder de vista a Pels. Descendieron demasiado. Pareció que se desentendían de Pels y sólo trataban de huir. No lo lograron. Se estrellaron contra la casilla del profesor Raffo. El helicóptero y la casilla quedaron convertidos en un amasijo de fuego. Parecía una fogarata armada por niños gigantes. El fuego se alzaba hacia el cielo como riéndose de todos nosotros. Pels simplemente se tiró al río. Se dejó caer desde la baranda, como un bañista despreocupado. La nave descendió hasta tocar el río con su piso, produjo un suave ruido de absorción y, sin elevarse, barrenó por el agua hasta perderse en el horizonte. De inmediato, el buzo, casi una estatua azul sobre la baranda, se dejó caer de espaldas sobre el río y no volvió a emerger.

El profesor Raffo me miró demudado.

Escuchamos ruido de ambulancias.

—No hacemos falta —me dijo Raffo, tomándome del brazo.

No recuerdo con claridad hacia dónde caminamos. Sé que aparecimos en un bar. Pedimos pizza y soda. También recuerdo que fui al baño y vomité. Creo que Jeremía Raffo me dijo que de todos modos el laboratorio ya no importaba, porque había alcanzado su máxima ambición.

—¿Y el retratador de almas? —le pregunté.

—Siempre se puede volver a fabricar —me dijo—. Es el alma humana lo irrepetible.

Y también me dijo cuánto lamentaba la pérdida de vidas en esa batalla absurda.

Después, de algún modo, llegué al hotel. Me extrañó no ver periodistas. Y el conserje me saludó con el más alto grado de simpatía.

Fue otro día que pasé durmiendo. Debo haberme acostado alrededor de las cuatro de la mañana. Recuerdo que a las siete de la mañana me desperté, saqué la mano de abajo de la almohada y noté que tenía una quemadura. Me asusté, me ardió, y volví a dormir. Le abrí la puerta a Maite a las doce del mediodía y regresé a mi cama. Hizo toda la pieza menos la cama, en la que seguí durmiendo hasta pasadas las seis de la tarde.

Logré levantarme, fui hasta el baño y me observé en el espejo. Mi cara aún permanecía en su sitio. La quemadura también. Aunque no hacía más de un par de horas que nos habíamos separado, extrañé con intensidad a Raffo.

Y, sin querer permitírmelo, también eché de menos a Pels.

Habían sido los coprotagonistas de la mayor aventura de mi vida.

El abogado del marciano

Necesitaba tenerlos cerca, comentar, recordar.

Ah, hay hombres que se pasan la vida diciendo: "mejor es hacer que hablar", pero para qué hace uno las cosas si no para hablar de ellas.

Sonaron dos golpes en la puerta de mi habitación. ¿Maite? ¿Mi abuelo? ¿Mi padre? ¿Pels?

Pregunté quién era y me contestó la voz del conserje.

Lo hice pasar y me dijo:

–El vestíbulo central está lleno de periodistas. Preguntan por usted. ¿Quiere salir por la puerta del servicio?

Le agradecí, le di la mano y acepté su ofrecimiento.

Para salir por la puerta de servicio había que utilizar el ascensor de servicio. Era el ascensor de los que trabajaban. El conserje, las mucamas, los botones. Pensé que en los tiempos futuros (en el futuro lejano, para ser más claros), las nuevas generaciones mirarían con extrañeza esos ascensores.

–Unos bajaban por aquí, y otros por acá –dirían–.. Y aún no hemos terminado de descubrir por qué.

O no. Simplemente no dirían nada. Y seguirían usando los ascensores centrales y los de servicio.

En concreto y en ese momento, el ascensor de servicio era un cuadrado ínfimo y chirriante, y no me gustaba nada. Aunque fue nada más que un piso, tuve miedo de que se cayera. Los ascensores no son peligrosos sólo porque puedan caerse, dan miedo como si fueran entidades insanas que manejan la ley de gravedad a su antojo.

Salí, por la puerta de servicio, a una playa de estacionamiento plagado de tachos de basura, sobre la calle Ayacucho (en esos días, cada vez que salía de algún lado aparecía en un baldío). Caminé semiagachado, para permanecer de incógnito. Y entré en el primer bar que vi. Un local rojizo, metido en un sótano, al que se descendía por una escalera.

Parecía una taberna del Oeste. Había mesas y sillas de madera, una barra, y detrás de ella un *barman*. Sobre la barra, bebían dos amigos, una chica de mal vivir se colgaba de un hombre canoso, y lloraba un borracho. Yo no sabía bien qué estaba haciendo allí, más que escapar del hotel y tratar de pensar en mi aventura a solas.

Pedí un agua mineral y el *barman*, aunque me miró mal, no tuvo más remedio que dármela.

Cuando me serví el primer vaso, redobló el mal signo de su mirada.

Lo miré fijamente a mi vez y, luego de beber, dije con suficiencia:

—En Marte no se consigue.

El *barman* giró hacia sus botellas. El borracho lloriqueaba.

"Bueno, bueno –pensé–, ahora sí que terminó. No puedo quejarme. Para ser mi primer caso, estuvo bastante bien. ¿Pero qué veredicto hubiese dado el jurado?"

¿Dónde estaría Raffo? Traté de pensar en eso, pero la voz gangosa del borracho me desconcentraba.

—Vamos, señor Olazabal –le dijo el barman sacándole el vaso de la mano–. Ya es hora de volver a casa.

—Ésta es mi casa —gritó el borracho.

—Vamos, hombre, vamos —le dijo el **barman**—. Cada semana me hace una de éstas. Nadie diría que usted es un hombre rico.

—No importa lo que diga nadie —dijo el beodo.

—Vamos, señor, Olazabal, vamos —repitió el **barman**.

El apellido Olazabal me sonó. Era... No tuve tiempo de recordar de dónde me sonaba, porque el mismo Olazabal se me colgó de las solapas.

—Pestarini... —me dijo.

¿¡De dónde me conocía!?

—Pestarini... —repitió—. Ese nombre es mi maldición...

No, no me conocía. Era parte de su discurso.

—La mucama vino y me preguntó si en el hotel había lavarropas. Le dije que quién se creía que era, que acá la ropa se lavaba a mano, que si quería un lavarropas lo inventara. ¿Quiere que lo invente?, me preguntó. Claro, le dije, si quiere un lavarropas, invéntelo. Metió el jabón de lavar en el inodoro, metió el pantalón en el inodoro, y apretó la cadena un montón de veces. Cuando el agua llegó al **hall** del hotel, fui a ver qué pasaba. Estoy inventando un lavarropas, me dijo.

El señor Olazabal terminó esta frase llorando desconsoladamente.

—Los Pestarini —gritó—. Tráiganme uno ahora... Tráiganme uno...

Le saqué sus manos de mi solapa, pagué con cautela e inicié mi retirada. Evidentemente, ésa era una noche para estar en ningún lado. Para estar en Marte.

Mientras me alejaba silenciosamente, Olazabal me preguntó a dónde iba.

—Ya le traigo, ya le traigo —contesté enigmáticamente.

Y me fugué por las escaleras, mientras el hombre seguía repitiendo a los gritos que le trajeran un Pestarini.

Esa noche recorrí más bares que los que pueda llegar a recorrer el resto de mi vida. En algunos, encontré un lugar donde sentarme y pensar; otros fueron simples puntos de apoyo en una fuga hacia no sabía dónde. No quería acostarme nuevamente al amanecer, pero tampoco encontrarme con los periodistas en la puerta del hotel. Se me ocurrió arriesgar y regresar por la puerta de servicio. Sin embargo, camino al hotel, recordé a mi madre. En su visita, mi abuelo me había dicho que ella quería que regresara. Yo no tenía la menor intención de regresar, pero sí de saludarla, de hablarle. Tal vez no estaría del todo mal llamarla, o directamente pasar a visitarla.

En el colectivo pensé en Raffo, en Pels y en cómo me recibiría mi madre. Qué me iba a decir. "Hace tanto que no te veo". "Regresa a vivir con nosotros". "Te necesito". Todas esas frases me daban miedo, no sabía cómo responderlas. Quería simplemente saludarla, contarle cómo me había ido, y escucharla a su vez.

Bajé a media cuadra de la casa de mi abuelo, donde vivía mi madre y dónde yo mismo había vivido. Caminé hacia la puerta apretando los dientes y pensando, sin suerte, réplicas y explicaciones. Toqué el portero eléctrico y aguardé a escuchar la voz de una mucama. Me atendió mi madre.

—Soy yo, mamá —dije.

En su voz había alegría:

—Pasá —me gritó, al tiempo que abría la puerta.

Para llegar hasta ella, en el comedor de los sillones blancos, debí atravesar nuevamente los cuadros de tres generaciones de la familia Pestarini. Pero esta vez no me intimidaron. Pensé: "También yo alguna vez seré anciano. Y seguramente tendré una cara menos constreñida que la de ustedes".

No fue necesario que llegara hasta la sala de los sillones blancos, mi madre vino corriendo.

Con una alegría desbordante, me dijo:

—¡Te felicito!

La miré extrañado. Feliz, pero extrañado.

—¡Por el caso! —dijo contestando a mi mueca—. ¡Terminaste tu primer caso!

Le di un beso, y dije:

—El marciano se escapó. No terminé.

—Para mí, lo llevaste muy bien. Y es tu primer caso. Te felicito.

Y sencillamente tuve que darle la razón.

Me llevó hasta los sillones, nos sentamos. Me preguntó cómo era la vida en el hotel. Si tenía quién me lavase la ropa. Si había pensado en qué hacer de mi vida. Si siempre comía afuera. Si se me había ocurrido alquilar un departamento y en qué me podía ayudar. Y especialmente si quería que me cocinara algo en ese momento.

Acepté, aunque no tenía demasiado apetito.
Sacó un pescado del freezer, con cabeza y todo.
—Prefiero carne —dije.

Creo que hay dos momentos de la vida en que uno la pasa especialmente bien con su madre: cuando se depende totalmente de ella y cuando ya no se depende más.

Visitar a la propia madre cuando uno ya vive en otro lado es como recuperar a esa madre de la que uno quiso escapar en la adolescencia.

Y aquella cena tuvo esa dulzura: la de un encuentro.

Me fui sin darle precisiones acerca de mi futuro. Pero tuve una intuición acerca del suyo: que tenía novio y que no viviría mucho tiempo más en la casa de mi abuelo.

Antes de irme, le pregunté:
—¿Y el abuelo?

Siempre nos habíamos dirigido con seriedad hacia su persona.

—Está en una reunión de veteranos del salto en galocha —dijo mi mamá.

—¿Veteranos del salto de galocha? —pregunté.

Mi mamá me miró, la miré, y nos reímos. De esa manera nos despedimos.

La noche estaba cálida y acogedora. Tomé un taxi y le indiqué la dirección de la entrada de servicio del hotel. Sucedió un milagro: el taxista no me habló ni me pidió permiso para fumar; condujo a un ritmo estable y no intentó alargar el recorrido. Por la ventanilla, vi pasar una estrella fugaz.

Entré al hotel por la playa de estacionamiento y subí al pasillo de mi cuarto en el ascensor de servicio. Cuando salí del ascensor, Maite estaba pasando la aspiradora por el pasillo.

—¿A esta hora limpiando? —pregunté.

—Sos el único ocupante de este piso —me dijo.

Y supe que estábamos solos.

—¿Pero trabajando a esta hora?

—Horas extras. Te las pagan el doble.

—¿Y a qué hora terminás?

Maite miró su reloj.

—A las doce —dijo— en media hora.

¿Te parece una buena idea ir a un bar? —pregunté.

—Me parece mejor que me esperes en el hall.

—¿A las doce en el hall?

—A las doce en el hall. Siempre y cuando me digas cómo te llamás.

—No puedo, tengo que usar seudónimo hasta que nos encontremos.

—¿Por qué? —preguntó sonriendo.

—Por ahí te digo mi nombre, y después no pasa nada entre nosotros... y bueno... ya tendríamos demasiados datos el uno del otro, sería demasiado doloroso.

Se rió.

—¿Tenés casa? —me preguntó—. ¿Trabajo? ¿Proyectos?

—Ninguna de las tres —admití.

—¡Perfecto! —gritó Maite—. Los hombres con el futuro planificado me aburren. Tuve un novio que no salía a la calle si una bruja no le decía por teléfono lo que le iba a pasar.

Entré en la habitación. Pero salí inmediatamente:

—No va a poder ser en el hall —dije—. Está lleno de periodistas.

—Te golpeo la puerta cuando termine de limpiar... —dijo Maite.

—Y vemos qué hacemos —dije entrando nuevamente a mi habitación.

Me saqué la camisa dispuesto a bañarme, cuando escuché dos golpes en la puerta.

Maite.

—Tomá —me dijo extendiéndome un papel—. Entre tanto lío me olvidé de dártelo. Te lo dejó un señor así.

Hizo un gesto que separaba su mano del suelo aproximadamente un metro con cincuenta.

Cerré nuevamente la puerta, me tiré en la cama y abrí la carta con ansiedad.

Querido amigo: Ya los diarios notifican la aventura bélica: Caen dos helicópteros yanquis, titula Voz Patria; Guerra Galáctica sobre el río, exagera La Noticia; Choque aéreo entre objetos no identificados, esquiva La Mañana. Ah, querido amigo, ¿alguno se ha preguntado por la real aventura del marciano en este planeta? ¿Se han preguntado por el alma? He constatado que los hombres sospechan que las culturas interplanetarias son superiores a la nuestra. ¡Y desconocen que los marcianos nos envidian! Pero permítame, por una vez, olvidar el tema que ha regido mi existencia. Quiero referirme, en cambio, a su grata compañía, suya de usted. Sé que en un inicio lo asusté, luego le parecí un loco y finalmente un acompañante en una extraña aventura. El motivo de la presente carta es solicitarle que me considere un amigo. Nunca he tenido uno y desconozco las ceremonias respectivas al inicio de una amistad. ¿Es correcto solicitarlo por carta?

Motivos que no puedo revelar y adelantos que el mundo desconoce, me tienen alejado de este planeta. Para cuando usted lea esta carta, estaré fuera de la órbita terráquea. Quiero que sepa que yo ya lo considero mi amigo. Y que en cualquier planeta donde usted esté, le bastará pensar en mí para saber que la soledad nunca es infinita si usted tiene un amigo en algún lugar del universo.

Reciba un fuerte abrazo de
Jeremía Raffo.

Había estado leyendo sentado, y caí sobre la cama con la carta apretada en mi mano. Me mordí los labios. A veces la vida es increíble. O parece increíble que pueda ser tan maravillosa.

No sé si alguna vez les habrá pasado que viven una alegría difícil de soportar.

Ya eran las doce y cinco. Supuse que Maite retrasaba la cita para sacarse el delantal, bañarse y hacer todas esas cosas que hacen las mujeres. Prendí la radio con la esperanza de que la música clásica me serenara. Sonaba un músico que, dijo la locutora, se llamaba

Smetana. Intenté seguir los compases de la música. Un carraspeo interrumpió la melodía.

—Hola, terráqueo.

—¡Pels! —grité.

—Estoy acá, en familia. No creo que vuelva a hablarte. Las llamadas interplanetarias son muy caras.

Permanecí en silencio. ¿Qué podía decirle?

—Imagino que para tu carrera mi caso habrá sido un precedente importante —siguió el marciano—. Quería decirte... simplemente... que fuiste un excelente defensor... de tu propia especie.

Tornó la música por unos instantes y luego otra vez la voz de Pels.

—¡Atención terrícolas, esta es la voz de los marcianos, sabemos que pueden oírnos, poseemos la tecnología para destruirlos!

Se escucharon unas risas, un reto y, luego de un zumbido, la radio emitió nuevamente música sin más interrupciones. Escuché, adormeciéndome.

A la una y cuarto golpearon la puerta de mi habitación.

Era Maite.